딕스전기

FANTASY FRONTIER SPIRIT

봉사 판타지 장편 소설

DIX SAGA

딕스전기 4

봉사 판타지 장편 소설

초판 1쇄 찍은 날 § 2014년 10월 7일
초판 1쇄 펴낸 날 § 2014년 10월 14일

지은이 § 봉사
펴낸이 § 서경석

편집부장 § 권태완
편집책임 § 박용서

펴낸곳 § 도서출판 청어람
등록번호 § 제387-1999-000006호
등록일자 § 1999. 5. 31
어람번호 § 제1-1953호

주소 § 경기도 부천시 원미구 부일로 483번길 40 서경B/D 3F (우) 420-822
전화 § 032-656-4452 팩스 § 032-656-4453
http://www.chungeoram.com
E-mail § chungeorambook@daum.net

ISBN 979-11-316-9233-2 04810
ISBN 979-11-316-9163-2 (세트)

봉사 판타지 장편 소설

FANTASY FRONTIER SPIRIT

딕스전기

4

DIX SAGA

도서출판 청어람

CONTENTS

딕스전기
DIX SAGA

제1장

럭셔리 도망자!

나무줄기를 타고 내려오다 보니 저 멀리 산을 병풍처럼 뒤로 세운 우아한 풍경의 거대한 강변 도시가 나왔다.

이곳까지 내려오는 동안 딕스는 자신의 계획에 대해서 공주에게 차근차근 설명했다.

지금 소년과 공주는 함께 있지 않고 서로 반대편 강변에 서 있었다.

이곳은 강폭이 100미터가 넘는 엄청나게 큰 강이다.

각자 반대편에 서 있자니 마음이 절로 찡해진다.

하지만 어쩔 수 없다.

전격의 파울이 누굴 쫓는지 정확하게 알아야 한다.

그녀에겐 매우 중요한 일이 있다.

그 일이 성공해 뮬 공국이 아리온스, 리안 부족 연합과 동맹을 맺고 더 나아가 서북의 싱그로아 왕국과 서쪽의 헥센 왕국을 끌어들이는 대업.

이처럼 5자 동맹, 아니, 당장 3자 동맹만 맺어져도 파울과 딕스의 꼬인 매듭을 공주가 손쉽게 해결할 수 있다. 외교로써.

딕스는 이 점을 공주에게 강조했고 공주 역시 당장 자신이 할 수 있는 일이 없음을 알고 이에 수긍했다.

이와 같은 상황을 고려할 때 최악은 파울이 공주를 뒤쫓는 경우다.

혹시 서로가 헤어져야 할 상황이 발생하면 연락할 방법을 공주는 소년에게 앞서 일러뒀다.

마도의 탑 통신소를 이용하는 방법이다.

일반 사서함과 달리 공주가 사용하는 VVIP 사서함은 옵션부터가 다르다.

만약의 사태까지 감안한 대책을 세운 뒤에야 전격의 파울을 남녀는 맞은편 강변에서 각자 기다렸다.

이곳은 강이다.

전격의 파울이 소드마스터라곤 하지만 적어도 강물 위에서만큼은 소년이 그보다는 한 수 위였다.

이러한 강점이 있었기에 파울의 표적을 알아내기 위한 작전을 소년은 계획할 수 있었다.

그를 영원히 저 강에다 수장시킬 수 있다면야 더할 나위 없이 좋겠지만 앞서 상대해 보니 현재로썬 그 일이 불가능에 가까웠다.

'파울이 공주님을 노린다면 골치 아픈데. 내가 그자의 성질을 잔뜩 돋웠으니까 일단 나부터 잡으려고 들지 않을까? 그랬으면 싶은데.'

슬슬 전격의 파울이 다가온다.

물의 척후가 그에게 알려주었다.

소년의 속에 있는 물의 오메가 핵도 긴장했는지 마나의 수면으로 순식간에 부상해서는 언제든 힘을 발휘할 준비를 마쳤다.

강에는 어선과 상선 등이 수시로 어지럽게 오가고 있었다.

이런 상황에서는 파울이 어디에 있는지 알기 어렵다.

상식적으로는 그렇지만 딕스는 이를 단숨에 알아보았다.

이곳은 물의 힘이 강성한 곳이기에.

'저기다!'

파울의 기척을 눈치챈 딕스는 긴장감에 제 주먹을 움켜쥔다.

공주와 소년에게 생이별(?)의 아픔을 선사한 전격의 파울이 보트를 타고서 천천히 내려오고 있었다.

그는 망설임 없이 곧장 딕스가 서 있는 강변으로 노를 저어

왔다.

파울을 바라보는 딕스의 작은 얼굴에는 안도감이 차올랐다.

'공주님, 공주님 손에 제 목숨과 조국의 안녕이 달렸습니다. 무조건 성공하세요. 저 딕스, 멀리서나마 기도하겠습니다.'

저 무시무시한 인간에게 잡히지 않고 언제까지 숨바꼭질을 할 수 있을지 걱정이다.

그러한 걱정도 잠시, 딕스는 자신의 용기를 북돋우면서 움직인다.

그냥 이대로 달아날 수는 없었다.

그랬다가는 얼마 가지 못하고 파울에게 잡힐 테니까.

딕스는 파울의 보트를 가볍게 침몰시켰다.

여기에 서비스로 강물로 그를 휘감아 강바닥에 내리꽂았다.

평범한 인간이라면 절대 살아남지 못할 무지막지한 공격이다.

하나 이러한 끔찍한 공격을 받았음에도 파울은 강바닥을 기어서 강 밖으로 나오는 괴수 같은 저력을 보여주었다.

섬뜩!

기대를 하지 않았다면 아예 거짓말일 것이다.

파울의 수장을.

온몸에 돋은 소름을 긁을 시간도 없이 딕스는 그 길로 곧장 꽁지 빠지게 달아났다.

전격의 파울은 자신을 물 먹인 딕스에게 화가 잔뜩 나 있었다.

그의 그 포스가 멀찍이서 달아나는 딕스에게까지 와 닿았다.

'벌집을 건드린 건가?'

무섭지만 그나마 다행이다.

그가 공주는 신경도 쓰지 않을 테니까.

이만하면 미끼로써 최고의 역량을 발휘하지 않았는가.

'공주님, 공주님만 믿습니다. 하루속히 저 괴물을 제게서 떨쳐 주세요.'

*　　*　　*

대륙력 4246년 9월 20일 오전, 이름 모를 숲.

딕스와 전격의 파울의 쫓고 쫓기는 숨바꼭질이 어느덧 해를 넘겼다.

장장 19개월의 대여정이었다.

이제 소년의 나이 15세. 3개월 후면 16세가 된다.

그동안 소년은 파울의 얼굴을 대면할 기회가 한 번도 없었다.

그럼에도 소년은 전격의 파울에 대해 누구보다 잘 안다고 자부했다.

그의 생활 습관에 맞춰서 그 자신이 생활해 왔기 때문이다.

이는 어쩔 수 없다.

사자가 기침을 하고 있는데 영양이 잠자고 있을 수는 없지 않는가.

전격의 파울은 인간 초침처럼 정확한 생활 습관을 가진 자였다.

그는 삼시 세끼를 거르지 않고 꼬박꼬박 챙겨 먹었고, 밤 10시만 되면 반드시 잤으며, 새벽 4시가 되면 어김없이 기상했다.

가끔 잠자는 시간대에 깨서 딕스를 노리는 경우도 있었다.

딴에는 머리를 굴린 것이지만 소년은 그에게 잡히지 않았다.

잠을 자면서도 항상 경계를 게을리하지 않았기 때문이었다.

아니, 정확하게 말하면 소년의 오메가 핵이 물의 척후를 진두지휘하며 일이 발생하면 즉각 그를 깨워준 덕분이다.

오메가 핵은 주인을 살리기 위해, 그리고 자신의 힘과 활동양을 늘리기 위해서 소년의 마나 저수지를 그간 꾸준히 확장했다.

마나의 물량 공세!

딕스가 파울을 피할 수 있었던 진정한 이유가 바로 여기에 있었다.

이러한 생활 덕분에 19개월 전 소년의 마나 저수지와 지금은 엄청난 차이를 보인다.

이러니 파울의 노력은 매번 헛수고에 그치고 말았다.

한 명은 마스터의 육감 각인을 통해 쫓고, 쫓기는 소년은 물의 척후를 통해서 미리 알고 번번이 도망친다.

어쨌든 규칙적인 추적자 덕분에 딕스의 일과는 놀랍도록 단순하고 엄청나게 건실해졌다.

소년은 새벽 4시에 일어나 열심히 달리고, 6시 30분에 아침을 먹고, 1시간 30분 후인 8시부터 또 달리다가, 오후 1시에 점심을 먹고, 2시 30분에 또 달리다가, 7시 30분쯤에 저녁을 먹고, 9시쯤에 가볍게 한 시간을 달린 후 잠을 잔다.

한마디로 먹고 뛰고 자는 생활의 연속이었다.

물론 이것이 다가 아니다.

소년은 열심히 뛰면서도 마법사가 되기 위한 완전 마력 문장 수련을 병행했다.

처음에는 어려웠지만 죽기 살기로 매달리다 보니 어느 순간부터는 이런 방식의 수련이 가능해졌다.

그런데 소년은 왜 말을 타지 않을까? 이런 의문을 가질 것이다.

이는 소년의 사정을 잘 모르기에 갖는 의문이다.

하루도 빼먹지 않고 성실하게 쫓아오는 소드마스터!

이런 그를 뒤에 두고 익숙하지 않은 승마를 했다가 낙마라도 한다면 이는 어리석은 자충수다.

그러니 먹고 뛰고, 자고 뛰고 할 수밖에 없다.

덕분에 소년은 대해 같은 체력과 말처럼 빠르고 튼튼한 다리를 갖게 되었다.

지난 19개월간 반듯한(?) 생활을 한 덕분에 딕스의 외양 역시 몰라보게 달라져 있었다.

유연하고, 탄탄하며, 오밀조밀한 근육이 전신에 자리 잡았고, 키도 무려 170센티미터나 되었다.

작년에 공주와 강변에서 헤어질 때 그의 키는 고작 145.1센티미터에 불과했었다.

폭풍 성장이란 말이 무색할 정도였다.

먹이고, 재우고, 굴린다. 그러면 애들은 확실히 잘 크는 것 같다.

"아따, 고놈 말끔하게 잘생겼다!"

전면 전신 거울용 물의 막에 자신을 비춰 보며 딕스는 자화자찬에 빠져 헤어 나오지 못한다.

초반 3개월은 피골이 상접한 난민과 같은 모습이었다.

그랬던 그때의 모습은 더 이상 그에게서 찾아볼 수가 없었다.

단순 반복의 일상, 그 일상에서 최근 변화가 생겼다.

바로 이 짓이다.

"헐헐헐."

한 달에 한두 번 소년은 공주와 연락을 취했다.

그때마다 소년은 마탑의 여직원과 이곳을 찾은 여성 고객들의 끈적끈적한 눈빛을 무수히 받았다. 처음에는 잘 몰랐다가 최근에야 여성들이 자신에게 관심을 가지는 그 이유를 자각했다.

영원하라, 외모 지상주의!

소년은 대기에 분포된 수분을 모았다.

그것은 양동이 하나를 가득 채울 만한 양으로 그는 매일 빠짐없이 샤워를 했다.

그렇다고 홀딱 벗고 할 수는 없었다.

쫓아오는 상대가 상대이니만큼 늘 변수를 생각해 둬야 한다.

그래서 그의 샤워는 옷을 입은 채였다.

"사람은 자주자주 씻어야지, 암. 아직 이십 분쯤 남았구나."

추적자가 움직일 시간이 다가온다.

그래도 모르니 물의 척후는 꼼꼼하게 배치해 뒀다.

이제 이 20분 동안 무엇을 한다?

도망자인 소년은 물건을 들고 다니는 게 사치였다.

그래서 입고 있는 옷이 전부다.

하지만 언제부턴가 뛰는 데 익숙해지자 작은 배낭을 하나 사서 부피가 작고 가벼운 물건을 넣고 다녔다.

이 배낭에는 여러 양념이 들어 있다.

물의 힘을 사용하면 사냥이 쉽고 음식 조리도 쉽다.

아쉬운 건 요리의 맛은 내기 힘들었다.

그러나 양념이 있으면 달라진다.

배낭에는 그의 입맛을 고려한 양념이 구비되어 있었다.

그중 약초를 넣은 꿀단지—가죽으로 제조—를 꺼낸 뒤 대기 중에서 깨끗한 수분을 모아 재정제하고 적당량을 꿀단지에 탄다.

그에게 컵 따위는 필요가 없었다.

손을 쓸 필요도 없다.

입만 벌리면 알아서 꿀물이 적당량 입안으로 들어온다.

소드마스터라는 어마어마한 거물이 추격하는 데도 도망자인 소년의 삶은 이처럼 럭셔리하다.

한 잔의 꿀 차로 소년은 한껏 여유를 부린다.

자신이 물의 능력자가 아니었다면 어땠을까? 거지 중에서도 상거지 꼴이리라.

“이래서 남자는 능력이야. 움하하하.”

혼자 놀기의 진수… 지난 세월이 남긴 그의 일면이다.

긍정을 잃으면 사람은 피폐해진다.

그래서 되도록 딕스는 긍정을 잃지 않기 위해 필사적으로 매달렸다.

이러한 노력 덕분에 습관처럼 긍정적인 상황만 보게 되었다.

까짓것 군대 3년 다녀온 셈 치면 된다.

이것도 긍정의 마인드의 발로였다.

어차피 자신은 재능자라 군대도 면제 아닌가.

뮬 공국에서 국왕 직할지의 백성과, 귀족이 다스리는 영지의 영지민—평민—은 군역의 의무가 있다.

딕스는 관직이 있고, 재능자이며, 준귀족이다.

면제 사유가 무려 세 가지나 된다.

그게 아니더라도 재력이 있으니 군역 면제권을 사면 그만이다.

딕스의 통장에는 아직도 월급이 꼬박꼬박 들어오고 있었다.

그냥 월급만 들어오는 게 아니다.

공주가 객지에서 밥 굶지 말라고 경비를 따로 입금해 준다.

앞으로 2년만 더 쫓겨 다니면 수도에 저택 하나 장만하는 건 일도 아닐 것이다.

이래서 인생은 아름다운 것이다.

공주도 가시적인 성과를 보이고 있다니 늦어도 1년 안에는 이 생활을 그만둘 수 있을 것이다.

지금 공주는 시바온 부족과 물밑 협상 중이다.

그 협상이 성공하면 공주는 연합에서 강대한 축에 속하는 시바온을 친뮬 성향의 부족으로 만들 수 있다.

공주에게 약점이 잡힌 시바온 부족이 그녀의 손에서 벗어나기는 힘들 것이다.

이처럼 대외적으로 뮬 공국의 입장은 몰라보게 나아지고 있었다.

조만간 이것은 세상에 알려질 테고, 제국은 자신들이 무시하던 공국에 뒤통수를 맞으리라.

슬슬 시간이 됐다. 다시 뛰어야 한다.

"아자자!"

힘차게 기합을 지르고 적당히 스트레칭도 한다.

달리는 것도 요령이 있다.

그것은 호흡이었다.

소년은 기사인 아버지로부터 마나 호흡법을 배웠다.

소년의 자질이 정확하게 판명나지 않았던 어릴 때의 일이다.

시골 남자아이들이 커서 안정된 직장을 얻는 길은 두 가지다.

영지의 행정 관료, 아니면 영지를 지키는 기사다.

딕스의 집안은 변변치는 않지만 역사 깊은 기사 집안이다.

그래서 대단한 것은 아니지만 나름 마나 호흡법이 있었고 소년과 두 형들 역시 어릴 때부터 그 호흡법을 배웠다.

소년은 마나 호흡법을 6개월 정도 배우다가 그만뒀다.

체질적으로 맞지 않았기 때문이다.

그렇게 버렸던 마나 호흡법이 지금에 와서 빛을 발하고 있었다.

소년은 뛰기 시작했다.

그리고 안 보이지만 전격의 파울도 뛰고 있었다.

우우우우우웅!

소년이 달림과 동시에 물의 오메가 핵이 움직인다.

완전 마력 문장 수련이 달리기와 함께 병행되는 현상이다.

예전에 소년은 그린스 마을에서 위험한 홍수를 겪었었다.

그곳에서 그는 짧은 순간 많은 마력 문장을 그렸다.

이는 소년의 기억에 정확하게 남아 있지 않지만 오메가 핵은 완벽하게 기억했다.

덕분에 수련 중 발생할 오류의 폭을 크게 줄일 수 있었다.

소년이 문장을 그리면 오메가 핵이 그 오류를 잡아준다.

영혼의 반려자!

딕스에게 물의 오메가 핵은 바로 그러한 존재였다.

말없이 내조에 힘쓰는 조강지처라 할 수 있는 것이다.

그리고 소년을 쫓는 전격의 파울, 그도 지난 19개월간 예상치 못한 일을 겪었다.

마스터 초급에 머물러 있던 그가 최근 중급의 벽을 보게 된 것이다.

파울이 이러한 계기를 맞지 않았다면 딕스를 추격하는 일을 중간에 포기했거나, 혹은 외부의 힘을 빌려 잡는 방법을 사용했을 것이다.

놀랍게도 두 사람은 지금 동반 성장 중에 있었다.

파울은 알까? 자신의 이 행위가 장차 노도의 딕스라 불리는 위대한 마법사에게 자양분이 되고 있음을.

"끙, 또 안개구나!"

파울의 얼굴이 일그러진다.

저 앞에 안개가 깔려 있다.

수없이 경험했지만 저 안개에 뭐가 있을지 알 수 없다.

하지만 안개를 뚫지 않고서는 추격이 불가능하다.

마스터는 자신이 사용할 수 있는 최대치의 능력을 발휘하며 안개 속으로 몸을 날렸다.

'오늘은 어떤 선물인지 내 열어 보마. 하하하하!'

쫓기는 소년은 럭셔리하게 도망치고, 쫓는 자는 즐긴다.

이 둘, 참으로 묘한 조합이 아닐 수 없다.

오곡백과 풍성한 가을 들판.

까뭇까뭇한 주근깨의 어린 계집아이부터 임산부, 노약자, 청장년이 모두 나와 추수의 기쁨을 노래하고 있었다.

재잘재잘, 호호, 하하. 다 즐거움을 나타내는 소리다.

정성 들인 작물.

이러한 노력의 결실을 거두는 손길이 어찌 즐겁지 않겠

는가.

그러다 어느 순간 모두가 약속이라도 한 듯 그 손길이 멎는다.

나귀에 점심을 실은 아낙들이 등장했기 때문이다.

"와아! 점심이다."

"먹고들 합시다. 하하."

"어여 와요, 어여! 다 먹고살자고 하는 일이잖소. 허허."

사람들이 모두 나와 점심을 반긴다.

아낙들이 음식을 나귀에서 내린다.

한 젊은 아낙의 남편이 냉큼 달려가 그 짧은 순간 아내의 손을 슥 쓰다듬으며 오늘 밤을 예약(?)한다.

그러자 젊은 아낙이 부끄러워 몸을 배배 꼰다.

이를 본 철딱서니 없는 계집아이가 화난 얼굴로 새신랑에게 한마디 한다.

"커슨 오빠가 새언니 손등 꼬집었어!"

새신랑 커슨은 계집아이의 말에 크게 당황했다.

합심해 점심을 차리며 즐겁게 웃던 이들이 모두 무슨 일이냐는 표정으로 젊은 내외를 본다.

젊은 내외의 얼굴이 순간 홍시처럼 익는다.

중년의 아낙이 뭔가 눈치챈 듯 옆 사람에게 속닥거린다.

이 속삭임은 엄청난 속도로 퍼져 나갔다.

어린아이들은 모를 결혼한 어른들만의 흐뭇한 즐거움.

그래서 어른들만 껄껄, 하하, 호호, 히히 웃는다.

총각, 처녀들은 어색하게 헛기침하며 평소 마음에 있던 이들에게 눈길을 보낸다.

사랑의 작대기!

아니, 눈길(?)과 눈길이 통하면 오늘 밤 물레방앗간에 처녀, 총각이 넘쳐 날 것이다.

하지만 눈 맞는 커플이 없다.

젊은 내외는 들쥐가 파놓은 구멍을 찾느라 땅을 보기 바쁘다.

그때 젊은 아낙이 저 멀리서 달려오는 하나의 점을 본다.

새댁이 바라보는 곳으로 그녀의 신랑 커슨도 눈길을 준다.

이들을 놀리는 재미에 점심 먹는 것도 잠시 미뤘던 사람들도 뭔가 싫어 고개를 돌린다.

그때 이들 내외를 당혹하게 만들었던 철없는 계집아이가 이리로 달려오는 사람을 보며 한마디 한다.

"와아~ 엉덩이에 불난 황소처럼 뛴다!"

엉덩이에 불난 황소처럼 뛰는 사람은 달려야 사는 소년, 딕스였다.

딕스는 전방에 사람들이 한가득 모여 있는 것을 보았다.

놀랍지 않다. 오히려 그런 사람들이 없으면 그게 더 놀라운 일이다.

'추수하나 보네.'

열심히 뛰어다니면서 보았다.

이 근방은 풍년이다.

농부들이 먹을 때 근처를 얼쩡거리면 배부르게 먹을 수 있다.

그들의 밥상은 조촐한 수준이지만 자고로 여럿이서 웃고 떠들며 먹는 밥이 최고다.

'점심 먹을 시간이 됐군.'

시간대가 맞는다.

그렇다면 저 자리에 끼어서 한술 뜰 수 있다.

풍년 인심은 지나가는 거지도 잡아서 동냥 그릇을 채워주는 법이다.

소년은 방향을 틀어 사람들이 있는 곳으로 가려고 했다.

그런데 물의 척후가 이상한 보고를 한다.

딕스가 서 있는 위치에서 정확하게 3시 방향, 그곳에는 숲이 펼쳐져 있고 그 뒤로는 산봉우리들이 파도처럼 넘실거린다.

저 산 하나하나의 이름은 모른다. 굳이 알 필요도 없다.

그냥 이것 하나만 알고 있으면 된다.

저 산들이 싱그로아 왕국 동북을 시작으로 리안 부족 연합의 남쪽 내륙까지 비스듬하게 뻗어 있다는 것만.

사람들은 이 산들을 아델스 산맥이라고 묶어 부른다.

아델스 산맥을 기준으로 소년은 산맥의 허리 쪽 부근에 와 있었다.

'음… 못해도 삼백은 되겠군. 숲에도 사람들이 있는 건가?'

수확으로 바쁜 시기다.

그런데 300이나 되는 일손이 숲에 있다? 뭐, 그럴 수도 있다.

가을에는 숲도 풍요로우니까.

그러니 깊이 생각할 필요는 없다.

그저 차려진 밥상에 숟가락만 하나 얹었다 가면 그뿐이다.

꼬르륵.

시간 맞춰서 배꼽시계도 정각을 알린다.

이제부터 1시간 30분간은 점심시간이다.

열심히 달린 자여, 잘 먹어라.

소년은 열심히 달렸기에 잘 먹을 권리가 있다.

"안녕하세요. 바람에 실려 오는 음식 내음에 홀려 와 보니 여기네요. 헤헤. 실례가 안 되고 음식이 모자라지 않는다면 살짝 끼어도 될까요?"

꽃 거지의 스킬을 아는가? 빌어먹더라도 상대의 기분을 즐겁게 해주면서 손님처럼 대우받는 스킬.

잘생긴 외모, 유머러스한 말투. 여자는 녹고, 남자는 외모보다 능력이라는 마음으로 거지를 박대하지 않는다.

하지만 애는 다르다.

"와아! 거지가 말 잘한다."

까뭇까뭇한 주근깨 얼굴의 계집아이가 딕스에게 말했다.

딕스는 기분이 나빴지만 다년간의 내공으로 이를 허허 웃어넘긴다.

매일을 칼날 위에서 산다.

이렇게 위태위태한 삶을 사는 자가 어찌 계집아이의 철없는 말에 욱하겠는가.

이는 밀알의 눈에서 집채만 한 긍정을 찾아내는 이의 마인드가 아닌 것이다.

"하지만… 와아! 얼굴도 예쁘고 몸도 잘생겼다."

평생 까뭇까뭇한 주근깨를 달고 살라는 저주를 내심 폭우처럼 퍼붓던 딕스는 계집아이가 이어서 던진 사랑스러운 말에 훗 하고 웃으며 저주를 거두어 들였다.

딕스는 멋진 오빠처럼 표정을 근사하게 지으며 계집아이에게 말한다.

최고급 남자란 바로 이런 것임을 보여주기 위해서.

"남자에게 얼굴 예쁘다고 하면 안 돼. 하지만 대중의 눈이 그렇다는데 내가 정정하는 것도 실례니까. 흐흐흐."

'쯧쯧, 또 한 소녀가 평생 가슴앓이를 하겠구나.'

미운 오리 새끼의 전설을 아는가? 바로 내가 그 오리 새끼의 전설을 잇는… 사람 새끼다!

재치 있는 입담을 과시하는 소년과 순진한 계집아이의 모습에 사람들의 웃음꽃이 빵 터진다.

전체를 움직일 타깃을 정하고 그를 먼저 공략하라! 특히 손쉬운 아이를 공략하면 그 가족들의 경계심을 녹이고 덤으로 후한 인심도 얻을 수 있다.

이것도 떠돌아다니면서 터득한 다년간의 내공이다.

"와아, 오빠 말 멋지다. 오빠, 마음에 들었어. 내 옆자리에 앉아."

계집아이는 용감하게도 낯선 남자에게 자신의 옆자리를 선뜻 내준다.

그러자 이 계집아이의 또래들이 다들 놀란 토끼 눈이 된다.

어차피 넉넉한 음식이다.

길손 하나가 끼어 먹고 가더라도 모자람이 없다.

한차례 넉살을 떤 딕스는 아낙이 내준 음식의 양만큼 감사의 인사를 전하며 먹기 시작했다.

한 그릇, 두 그릇… 다섯 그릇을 비운 뒤에 딕스는 수저를 내려놓았다.

여기서 더 먹으면 민폐다.

부족분은 뛰면서 최고급 육포로 채우면 된다.

"잘 먹었습니다. 그런데 숲 속에서 일하시는 분들은 점심을 그곳에서 먹나 보죠?"

그의 맞은편에 앉아 식사를 하던 중년의 촌부가 고개를 갸웃한다.

주변 사람들도 의아하다는 표정을 짓는다.

"숲 속에서 일하는 사람들이라니? 그게 무슨 말인가? 숲으로 들어간 사람은 없는데."

딕스는 의아스러운 표정으로 고개를 크게 갸웃했다.

분명 저 숲 속에 300명… 이젠 500쯤 되려나? 갑자기 늘어난 존재감!

저들에게 이를 어찌 설명할까? 자신은 물의 척후를 통해 저 숲에 500쯤 되는 존재감을 느낀다는 것을.

아마 이 소리를 했다간 분명 허무맹랑한 놈으로 찍힐 것이다.

그러니 적당한 말로 포장한다.

"그래요? 이상하네. 분명 저 근방을 지날 때 소리를 들었거든요."

"커슨, 자네가 한번 보고 오게. 여기서 자네의 발이 제일 빠르지 않나."

중년의 촌부가 사태를 심각하게 인식한 듯 인상을 굳히며 새신랑 커슨에게 말했다.

커슨은 겨울이면 부업으로 사냥을 한다.

그는 고리아 마을에서 알아주는 유능한 사냥꾼이다.

커슨이 자리에서 벌떡 일어났다.

그러자 새색시가 걱정이 된 듯 따라 일어났다.

"걱정 마. 별일 아닐 거야."

"조, 조심해야 해요."

숲과 산이 가까운 시골 마을은 몬스터와 육식 동물의 위험에 항상 노출되어 있다.

고리아 마을도 예외는 아니다.

즐겁던 점심시간은 찬물을 끼얹은 듯 조용해졌다.

다들 긴장한 표정으로 멀어져 가는 커슨을 보았다.

딕스는 신랑을 걱정하는 새댁의 모습에 마음이 동요되었다.

'다섯 끼나 먹었으면 밥값을 해야지.'

벌떡 일어선 딕스.

"저도 커슨 씨랑 같이 가서 보고 올게요."

타닥타닥.

파울은 머리 위로 날아가던 기러기 한 마리를 잡았다.

갑자기 날짐승 고기가 먹고 싶어져서다.

먹고 싶은 걸 다 잡을 수 있는 능력자! 그는 소드마스터, 전격의 파울이다.

그러나 잡기는 쉬워도 이를 손질하고, 불을 피우고, 고기를 먹기 좋게 굽는 일은 소드마스터인 파울에게도 성가신 일이다.

이럴 땐 대신해 줄 누군가가 있었으면 싶다.

발가벗겨진 기러기가 익기만을 기다리던 그 시각, 그가 추격하던 딕스는 한 번에 다섯 끼나 먹고 늘어진 걸음으로 커슨과 함께 숲을 정찰하러 가는 중이다.

파울은 딕스처럼 사람에 대한 친화력이 없다.

그리고 물을 다루는 힘도 없다.

이처럼 모든 게 부족하다 보니 그의 행색은 딱 거지 소리 면할 정도였다.

“소금이라도 있으면 좋겠는데.”

갖가지 양념을 배낭에 구비하고 다니는 도망자 딕스와 달리 추격자 파울은 그런 것 하나 없다.

실은 있었지만 딕스가 설치해 놓은 물의 함정에 걸려 매번 무용지물이 됐다.

딕스는 쫓기면서 돈을 벌고 파울은 쫓아다니면서 돈을 쓴다.

파울은 이래저래 손해만 보고 있다.

그럼에도 이를 그만두지 못하는 것은 남자이기 때문이다.

사나이는 칼을 뽑으면 썩은 무라도 베야 한다!

굵은 남자, 전격의 파울.

꼬르륵 꼬르륵.

고기가 익으려면 아직 10분은 더 있어야 한다.

입가심이라도 할 요량으로 파울은 수통을 꺼낸다.

하지만 곧 실망한 표정으로 수통을 손에서 떨어뜨린다.

빌어먹을 꼬맹이가 새벽에 채운 수통의 물까지 싹 비워 버렸다.

"왜 하필… 녀석은 물의 마법사일까?"

비겁한 꼬맹이다.

적어도 물은 먹게 해줘야 하지 않는가.

다시 한 번 파울은 울컥했다.

파울은 딕스를 쫓기 시작하면서 몸서리치게 깨달은 사실이 있다.

그건 절대 물을 가지고 장난치지 말라는 것이다.

으드득.

"이 녀석, 잡히기만 해봐라. 잡히면… 내 반드시 볼기짝을 백만 대 쳐 주마!"

힘들다.

쫓기는 놈은 잘 자고, 잘 먹고, 잘 차려입는다.

놈이 지나간 흔적을 살피면 알 수 있다.

그런데 자신은 이게 뭔 꼴인가. 말이 추격자지 쫓기는 놈보다 나을 게 하나도 없다.

"하아."

곧 50이다. 이 나이에 어린애 하나를 쫓아 19개월을 떠돌아 다녔단 이야기는 쪽팔려서라도 어디 가서 하지 못한다.

그것도 소드마스터가.

"휴우."

짧은 한숨이 긴 한숨으로 바뀐다.

그때 마스터의 감각에 거대한 살기가 감지된다.

"짐승의 살기!"

근엄한 포스를 전신에 휘감으며 거인처럼 파울은 일어섰다.

산악 같은 그의 기세에 넘실대던 살기가 창백하게 질리는 것 같다.

전격의 파울, 그는 이런 남자였다.

딕스라는 지상 최대의 요물(?)을 만나 모양새가 지금처럼 망가졌을 뿐.

딕스가 감지한 숲에서 느껴진 존재감의 정체는 몬스터였다.

커슨과 딕스는 놈들을 두 눈으로 직접 확인한 뒤 곧장 사람들이 있는 곳으로 돌아왔다.

잔뜩 굳은 얼굴로 커슨이 이 사실을 알렸다.

추수의 기쁨으로 들떠 있던 사람들의 안색에서 순식간에 핏기가 가셨다.

사람들은 부랴부랴 마을로 향했다.

통나무를 세워 만든 높이 3미터의 방책이 마을을 감싸고 있었다.

땡땡땡!

위급을 알리는 종소리가 구석구석까지 파고든다.

남자들은 각자의 집에서 무기를 갖고 나왔다.
여자들은 아이들을 대피소 근처로 급히 모았다.
상황이 여의치 않으면 지하 대피소로 모두 숨을 예정이다.
"봉화를 올려."
각 마을마다 봉화대가 있다.
이 봉화대는 마을에 위험이 닥칠 때마다 피운다.
늙은 마을 촌장이 봉화대에 이상한 가루를 뿌린 뒤 불을 붙였다.
그러자 시커먼 연기가 단숨에 하늘까지 쭉 올라갔다.
'특이하네.'
팽팽한 긴장감.
묵직한 분위기.
경직된 표정들.
딕스가 본 마을 장정은 120명에 불과했다.
그에 비해 숲에 있는 몬스터의 숫자는 500, 아니, 또 불어나 이제 1,000이 됐다.
'은행 이자가 이렇게 불어나면 얼마나 좋을까?'
마을에서 오직 딕스만이 여유가 넘친다.
커슨이 딕스를 돌아보며 안쓰러운 표정으로 말한다.
"딕스, 안됐구나. 하필 이런 일이 생겨서."
중간에 살짝 빠지려다 꼬맹이 계집애가 달라붙는 바람에 딕스는 마을에 들어오게 되었다.

주민들은 모르겠지만 이는 마을의 복이 아닐 수 없었다.

"전 괜찮아요. 그보다 봉화를 본 영지군은 언제쯤 올까요?"

"늦어도 사오 일쯤 후."

말을 한 커슨의 안색이 눈에 띄게 어두워진다.

숲에서 본 몬스터가 쳐들어온다면 마을은 반나절도 버티지 못할 것이다.

결혼한 지 겨우 보름, 새신랑 커슨의 얼굴은 그래서 더 처연하다.

"커슨 형, 잘될 거예요."

마을 주변에 작은 강이 흐른다.

지하수도 지표면과 가깝다.

이 두 가지를 이용하면 마을을 사수하는 일은 딕스에게 그리 어렵지 않았다.

문제는 끈기가 그레이트 빅 거머리도 진저리칠 만큼 독한 남자 전격의 파울이었다.

'나를 따라왔으면 이 양반도 몬스터랑 조우했을 텐데. 음, 몬스터의 똥이 되는 경우는 없겠지? 명색이 마스터인데.'

딕스는 시간을 가늠한다.

한편으론 물의 척후를 더욱더 멀리 내보낸다.

전격의 파울의 현 위치를 파악하기 위해서다.

제2장

탄생, 대륙 최강 조합!

단단한 적진을 단신으로 돌파해 적장의 목을 베어 전투의 향방을 결정짓는 이가 마스터고, 대규모 살상력을 발휘해 적군의 의욕을 시작부터 꺾어버리는 이가 마법사다.

대륙에는 이런 말이 있다.

'마스터는 전투의 승부를 결정짓고, 마법사는 전쟁의 승부를 결정짓는다!' 라는.

지금 몬스터로 득시글거리는 숲에 그 마스터가 와 있다.

그는 몬스터를 상대로 마스터답게 막강한 위력을 선보이고 있었다.

하지만 몬스터 전체를 뿔뿔이 흩어지게 할 수는 없었다.

적장이 하나가 아니라 다수이며 위치도 알 수 없었기 때문이다.

마스터는 신이 아니다. 인간이다.

그렇다 보니 방전된 체력과 마나가 즉각 회복되지 않는다.

전격의 파울은 혼자서 무려 200마리의 몬스터를 벴다.

이는 싸움이 아니라 일방적인 도살이라는 표현이 적당할 것이다.

그러나 엄청난 위력을 선보이고도 오히려 전격의 파울은 패색이 짙었다.

"끄응, 혼자서는… 무리군."

파울은 후퇴를 결정하지 않을 수 없었다.

달아나는 것도 힘이 있어야 한다.

지금이 바로 달아나야 할, 아니, 후퇴해야 할 그때다.

문제는 어디로 가느냐인데.

'이 일은 인간과 몬스터의 종족 전쟁이다. 그러니 녀석도 무작정 달아나지는 않았을 것이다! 흠, 반반인가?'

파울의 머릿속에 예전 얼굴의 딕스가 떠오른다.

얄미운 꼬맹이다.

얄밉지만 그 못지않게 탐난다.

파울은 정확하게 고리아 마을 방향으로 고개를 돌렸다.

그가 한눈을 팔자 이를 기회라 생각한 오크 두 마리가 달려들었다.

곧장 오크의 수급이 허공을 날았다.
파울은 숲을 빠져나가기 위해 움직였다.
협력자가 필요하다!
이곳에서 가장 적합한 최상의 협력자는 그 꼬맹이다.
지금의 싸움은 전투의 개념이 아닌 전쟁의 개념으로 치러야 한다.
전투가 아닌 전쟁의 승부를 결정지을 자가 필요하다.
그가 바로 전무후무한 돌연변이 견습 마법사 딕스다.
지금 우리의 돌연변이 견습 마법사 딕스는 고리아 마을 방책에 올라 삶은 밤을 까먹고 있었다.
전격의 파울이 열심히 싸워준 덕분에 숲에 있던 몬스터는 단 한 마리도 숲 밖으로 나오지 못했다. 그게 벌써 세 시간째.
싸울 때 싸우더라도 일단 먹어야 한다.
저녁은 이르니 그 중간 타임에 간단히 새참의 여유를 즐기는 딕스.
"자, 잘 먹는구나? 딕스."
저 멀리 숲에서 들려오는 몬스터의 소리 때문에 여자들이 가져온 새참은 아무도 먹지 않았다.
조금만 건드려도 툭 하고 끊어질 것 같은 팽팽한 긴장감이 사방을 감싸고 있었다.
이런 상황에 뭔가를 속으로 집어넣으면 곧바로 체한다.

이것이 평범한 자들이다.

"꺼억~ 무쇠도 씹어 먹을 나이잖아요. 그리고 밤이 참 맛있어요. 헤헤."

커슨은 소년의 긍정적인 태도가 참으로 경이로웠다.

한편으론 질질 짜는 다른 녀석들보다 나아 보였다.

딕스에 대한 커슨의 호감이 또 커진다.

"많이 먹어라. 이것도 주랴?"

"좋죠."

커슨의 몫까지 냉큼 받아 챙긴 딕스는 활짝 웃어준 뒤 숲 방향으로 고개를 돌렸다.

갑자기 그의 얼굴에서 웃음이 가시고 표정이 돌처럼 딱딱하게 굳어버린다.

'파울이… 이리로 오는군.'

딕스에겐 몬스터보다 더 무서운 게 전격의 파울이다.

몬스터 1,000마리? 오면 바로 찜 쪄 먹을 수 있지만 파울은 다르다.

놈은 절대 찜 쪄 먹을 수 없는 존재다.

'아씨, 왜 와? 몬스터도 많이 남았구만.'

숲에서 느껴지는 존재감이 기하급수적으로 줄어들었다.

그 이유가 파울 때문임은 보지 않아도 알 수 있었다.

그의 존재감과 몬스터의 존재감이 동일한 위치에서 느껴졌으니까.

그래서 그는 생각했다.

'저 숲에서 몬스터의 씨가 말라야 그가 자신을 추격하겠구나!' 라고.

한데 마스터란 작자의 일 처리치곤 너무 부실하고 지저분하다.

다수의 적도 두려워하지 않는 자, 마법사이기에 할 수 있는 생각이다.

'이왕이면 깨끗하게 끝장을 보든가! 아니면 처음부터 싸우질 말든가.'

딕스는 갑자기 밤이 돌덩이처럼 느껴진다.

드디어 그의 손에서 밤들이 자유를 찾는다.

소년은 심각한 얼굴로 고민에 잠겼다.

파울이 이리로 곧장, 엄청 빨리 다가오고 있다.

그의 눈에 그림자라도 띄었다가는 순식간에 따라잡혀서 덜미가 잡힐 것이다.

이곳은 파울에게 유리한 지형이다.

그렇다고 딱히 자신에게 불리한 지형도 아니다.

이 주변의 물의 양이면 가슴을 쓸어내릴 아슬아슬한 탈출쯤은 가능하다.

문제는 자신과 파울이 떠날 경우 몬스터에게 노출될 고리아의 주민들이다.

저 숲에는 파울이 처리하다 만 몬스터가 아직도 600이나 남아 있었다.
결정을 내려야 한다.
달아날 것인지, 아니면……. 소년은 머리 터지게 고민하고 또 고민했다.
파울의 존재감이 더욱더 커진다.
물의 척후들이 미친 듯이 보고한다.
그런데 한순간 파울이 움직이지 않았다.
그곳에는 몬스터도 없었다.
그 위치에서의 존재감은 파울 단 하나뿐이다.
'이 작자… 왜 멈춘 거지?'
딕스는 의문을 품었다.
아직 떠나야 할지 남아야 할지 결정을 내리지 못했다.
저 멀리서 천둥 같은 음성이 고리아 마을로 날아든다.
"꼬맹아~!"
딕스는 인상을 확 일그러뜨렸다.
이 음성은 파울이다.
그리고 이 목소리가 날아온 위치도 파울이 있는 곳이다.
'내 키가 몇인데 아직도 꼬맹이래?'
주민들이 웅성거린다.
난데없는 천둥 같은 목소리에 어찌 놀라지 않겠는가.
"이거… 사람 목소리지?"
"맞아, 그런데 꼬맹이가 뭐지?"

"저 방향은 숲 쪽인데… 여행객이 몬스터에게 당한 게 아닐까?"

"그런데 왜 꼬맹이를 찾지?"

"동료가 있는 건 아닐까? 그 사람이 위험한가 본데. 이거 가서 도와줘야 하는 거 아냐?"

주민들의 목소리에 딕스는 얼굴을 붉혔다.

저 꼬맹이가 바로 자신이라고 어찌 당당하게 밝힌단 말인가.

꼬맹이… 꼬맹이… 꼬맹이!

잊고 싶은 비참한 과거다.

지워 버리고 싶은 치욕적인 역사다.

그런데 저 빌어먹을 병맛 소드맛스타(?)께서 대중 앞에서 자신을 꼬맹이라고 부른다.

딕스는 순간 울컥했다.

지금 당장에라도 파울을 공격할 수 있다.

마법사의 좋은 점!

딕스만의 장점은 눈으로 상대를 확인하지 않고서도 얼마든지 팰 수 있다는 데 있었다.

하지만 그를 패버리면 뒷감당이 안 된다.

상대를 지나치게 열 받게 하면 자신도 대가를 치러야 한다.

그를 완전히 눌러 버릴 자신이 없으면 자극도 정도껏이다.

자신은 지금까지 철저하게 그 선을 지켜왔다.

그렇다면 병맛 마스터도 인간적으로 자신의 체면은 생각해 줘야 하지 않는가! 그게 남자 아닌가.

빠드득.

"꼬맹이, 거기 있는 거 다 안다!"

천둥 같은 파울의 목소리가 또 날아들었다.

주민들은 목소리가 찾는 꼬맹이가 이 마을에 있는 누군가를 지칭하는 것임을 그제야 깨달았다.

사람들이 웅성거리며 꼬맹이를 찾는다.

이 중 딕스를 보는 시선은 단 하나도 없다.

누가 봐도 그는 꼬맹이가 아니었기에.

'저러다 내 이름까지 다 말하겠네. 씨발, 진짜 그럼 확 들이박아 버릴 거야!'

"몬스터가 있다! 너도 알 것이다. 인간 대 인간으로, 남자 대 남자로 오늘 하루 의기투합하지 않겠느냐! 딕스!"

다 좋았다.

의미 있고 뜻깊고 멋진 대사였다.

한데 왜 끝에 자신의 이름을 붙인단 말인가!

주변의 모든 시선이 울긋불긋해진 딕스를 향한다.

화가 난 딕스는 성난 스프링이 튕겨 나가듯 벌떡 일어난다.

"왜들 절 보세요? 딕스라는 이름 흔해 빠졌잖아요. 저 아니에요. 제가 어딜 봐서 꼬맹이… 가당치도 않아요. 전 배가 아파서 화장실 좀."

그가 떠난 자리에는 밤 껍질이 아델스 산맥처럼 쌓여 있었다.

화장실로 달려갈 자격을 그는 충분히 갖추었다.

"에구, 그새 참 많이도 먹었네."

"그러게. 허허."

파울이 청했다.

딕스의 복잡한 고민은 그의 제안으로 인해 잠시지만 끝맺을 수 있었다.

이왕이면 끝에 자신의 이름은 쏙 뺄 것이지.

'젠장! 빌어먹을 변태 영감탱이!'

전격의 파울, 그가 있는 곳까지 딕스는 투덜거리면서 찾아갔다.

저 멀리 들판 한가운데 파울이 보인다.

점 같은 그 모습에 딕스는 엄지와 검지 사이에 그를 넣고 비볐다.

소년은 이 유치한 장난으로 제 가슴의 응어리를 소소하게나마 풀 수 있었다.

"저 왔습니다."

물 덩어리를 변형해 확성기를 만들었다.

딕스의 목소리는 곧장 파울에게 전달됐다.

파울은 그가 자신의 제안을 의심하지 않고 믿고 와준 것에 내심 몹시 기뻤다.

완전히 신뢰할 수 없어 몸을 숨기고 있긴 하지만 그래도 이게 어딘가! 미운 정도 정이다.

“와줘서 고맙다. 너를 청한 이유는 저 숲의 몬스터 때문이다. 내 생각이 맞다면 너도 저 몬스터 때문에 움직이지 않고 있었던 것 같은데… 아닌가?”

“이왕 하는 거 다 쓸어버리지 왜 남겨둬요. 혹시 날 낚으려는 고도의 잔꾀 아닌가요?”

“날 그렇게 보았나? 그렇다면 어찌해 이 자리에 나온 거지?”

파울의 말에 딕스는 할 말을 잃었다.

“됐어요. 그러니까 저 숲의 몬스터를 처리할 동안 잠시 휴전하자 이거죠?”

“그래.”

“언제까지요?”

“삼 일간 휴전하자.”

길어야 오늘 하룻밤이라고 생각했던 딕스는 파울의 제안에 깜짝 놀랐다.

몬스터 600마리야 주변 환경만 받쳐 주면 10분, 아니, 5분이면 전멸시킬 수 있다.

한날 견습 마법사인 자신도 가능한 일이다.

딕스는 여전히 자신의 대단함을 모르는 걸까? 견습 마법사인 그의 마법 수준과 마나 양이 '정상적인' 5서클 마법사의 수준과 맞먹는다는 것을.

'설마 내 뒤통수를 치려고 저러는 거 아냐? 왜 삼 일씩이나 줘? 내가 사탕 사주면 어디든 졸래졸래 따라가는 동네에 꼭 하나씩은 있다는 그 바보 등신으로 보이나?'

파울은 딕스의 오랜 침묵을 오해했다.

"그래, 삼 일은 무리지……. 일주일 어떤가?"

딕스는 그제야 파울의 제안이 잔꾀가 아닌 진심일지 모른다는 생각이 들었다.

소년은 새삼 주변을 둘러보았다.

이곳은 물의 마법사가 제대로 된 실력을 발휘하며 싸우기에는 불편한 장소다.

눈에 보이는 상황은 그렇다.

처음 제안한 3일은 이 점을 감안한 것이 아니었을까? 이리 생각하자 파울의 제안을 이해할 수 있었다.

"일주일… 좋아요. 맹세하세요. 그럼 믿어드리죠."

오늘 두 사람은 19개월 만에 처음으로 얼굴을 마주한다.

두 사람은 서로를 마주 보면서 천천히 다가간다.

딕스를 본 파울이 깜짝 놀란 얼굴로 한마디 한다.

"넌… 누구냐?"

파울의 얼굴에는 진심으로 놀라는 기색이 역력하다. 어찌 안 그렇겠는가.

그의 기억 속의 딕스는 어린아이였다.

한데 그 아이가 갑자기 청년이 되어 눈앞에 나타났다.

마스터의 육감 각인이 눈앞의 청년이 그 소년이라고 말하지 않았다면 보고도 지나쳐 버렸을 것이다.

어른은 아이의 성장한 모습을 통해 세월을 느낀다.

파울이 지금 그러했다.

엄청나게 성장한 딕스를 보자 세월의 흐름이 피부로 확 느껴졌다.

"아저씨는 누구세요?"

역시 고생은 사람을 삭히나 보다.

"……."

"……."

적과의 동침!

딕스와 파울은 나란히 고리아 마을에 머물렀다.

주민들은 이방인 파울을 환대하며 집과 좋은 음식을 서슴없이 내주었다.

소년은 파울을 향한 주민들의 과도한 친절을 이해하지 못했다.

물론 파울이 한 일을 생각하면 이것은 매우 약소한 편이다.

하지만 파울은 자신의 공적을 사람들에게 알리지 않았다.

이게 포인트다.

그럼에도 불구하고 이 과묵한 남자의 공적을 모두가 알고 그를 영웅처럼 대접한다.

왜일까? 이에 대해 딕스는 꽤나 깊이 생각해 봤다.

이건 본받을 점이다.

착한 일은 이상하게 드러내기가 꺼려진다.

그건 딕스 역시 마찬가지였다.

'왜일까?'

소년은 곰곰이 생각했다.

그때 그의 눈에 들어오는 게 있었다.

너무 뻔해서 잠시 잊고 있었던 것!

파울은 머리끝에서 발끝까지 몬스터의 피로 젖어 있었다.

더욱이 그의 표정과 눈빛을 보면 누구든 파울을 예사 사람으로 보지 않을 것이다.

보이는 자랑!

딕스는 크게 깨달았다.

가끔은 깔끔한 게 불이익이 된다는 것을.

'저 아저씨… 지능적이잖아!'

소드마스터라는 인간이 칠칠치 못하게 적의 피를 몸에 묻히고 다닌다? 소년은 이를 그가 의도한 것이라 단정 지었다.

안타깝지만 자신은 저런 간계를 부릴 수 없다.

마법사가 적의 피를 옷에 묻힌다는 게 말이 되는 일인가? 그런 것은 마법사에게 수치다.

자신은 평생 자신의 공적을 제 입으로 떠들어야만 겨우 대접받을 수 있다.

이것이 딕스가 내린 결론이었다.

그게 불만이면 모두가 보는 앞에서 마법을 시원하게 펑펑 쓰는 방법도…….

'그… 그럴 수는 없잖아!'

제국의 천재 마법사 클라우드 폰 야니스, 공주는 그자의 질투를 경계하라 했다.

그래서 대륙 최연소 견습 마법사가 되었어도 입 꾹 다물고 지냈다.

어쩌면 이 과묵함이 공주에게 어필한 게 아닐까 싶다. 그렇지 않고서야 공주가 자신을 그리 극진하게(?) 챙겨줄 이유가 없다.

뛰어난 자질에 과묵하기까지 하다.

게다가 이젠 키도 크고 잘생겨졌다.

'내가 봐도 멋지네. 흠흠.'

좋은 일은 떠들고 나쁜 일은 입 닥친다.

이것이 현대 사회인이 삶을 살아가는 바른 자세다.

소년은 일찍이 이를 터득했다.

남의 장점은 일단 눈여겨봤다가 기회가 찾아오면 즉시 시도해 본다.

해보고 자신과 안 맞으면 그때 때려치우면 된다.

남들이 가진 잘 먹고 잘사는 방법 한두 개를 취합해 실천한다.

그 가운데 정말 자신에게 안 맞는다 싶은 걸 버리더라도 개중 한두 개는 얻어걸리게 마련이다.

어부가 부지런히 통발을 뿌리고 사냥꾼이 죽어라 덫을 놓는 것도 바로 이 때문이다.

하나만 얻어걸려라!

더 걸려도 상관없다!

한두 개의 장점으로 잘 먹고 잘사는 사람들, 그들에게서 훔쳐 배운 인생의 기술이 여러 개라면 적어도 그들보다 더 잘 먹고 잘살 것이 아닌가.

이게 바로 현대인의 경쟁력이 아니겠는가!

사실 지금 당장은 피곤하고 성가시다.

하지만 지금 열심히 해야 한다.

왜냐! 더 나이 들어 실수하면 사회적으로 민폐고 개인적으로는 낭패다.

자신의 미래는 창대할 것이다. 이를 확신하는 딕스.

역풍이 더 심할 수밖에 없을 것이니 미리미리 꼼꼼하게 준비해 놔야 한다.

딕스는 그렇게 꿈속에서 파울의 장점을 분석하고 있었다.

새벽 4시!

번쩍.

지난 19개월간 몸에 배인 습관은 휴전(?) 중임에도 어김없이 발동한다.

이래서 습관이 무서운 것이다.

말똥말똥한 정신으로 침대에 누워 있는 건 시간 낭비다.

벌떡 일어난 소년은 방 안의 습기로 물을 만들었다.

고생스럽게 손발을 씻는 건 3류나 하는 짓이다.

자신 같은 일류, 아니, 특급의 인간은 자동으로 해결한다.

이게 바로 럭셔리한 인생이다.

이 새벽, 왠지 미친 듯이 달려줘야 할 것만 같다.

근질근질.

기지개를 켜면서 소년은 밖으로 나왔다.

'에구, 무서라! 왜 저래, 저 인간? 싱싱한 간 떨어질 뻔했잖아!'

마당으로 나온 딕스는 무게를 잡고 서 있는 한 남자의 널찍한 등을 보게 되었다.

그는 전격의 파울이었다.

검을 내려뜨린 채 두 눈을 반쯤 뜨고 있는 파울의 주변 공기가 심상치 않았다.

요동은 아니지만 파울 주변 일대의 마나가 그를 열렬히 추종하는 것 같았다.

그에게서 뿜어져 나오는 위엄과 박력 앞에 숨소리마저 절로 낮추게 된다.

'뭐지? 이 느낌은?'

파울로 인해 발생한 대기의 환호와 떨림이 고스란히 딕스에게 전해져 온다.

그것은 딕스에게 경이로움을 선사했다.

마법사는 마나 편식쟁이다.

반면 기사는 잡식성이다.

저 무지막지한 잡식계의 대부급 인사가 고리아 마을의 마나를 몽땅 흡입하고 있다.

휘류류류류륭!

스스스스스스!

펄럭!

바람이 없다.

그럼에도 바람에 천이 격렬하게 나부끼는 소리가 난다.

지진은 없다.

그럼에도 지축이 울리고 뿌리 없는 지표면의 모든 것들이 중력을 무시하고 떠오른다.

몸이 밀려난다. 누가 밀지 않았음에도.

전격의 파울!

그는 지금 새로운 경지로 도약하기 위한 최종 벽을 정면으로 마주 보고 있다.

파울은 지금 그 벽을 깨뜨리려 한다.

순간 딕스는 위기감을 느꼈다.

그가 더 강해지면 이후 자신의 앞날은 매우 불투명해진다.

파울을 방해하고 싶은 욕망이 딕스의 내면에서 무섭게 치솟아 오른다.

꿀꺽.

클라우드 폰 야니스를 경계해야 하는 이유를 공주에게 듣고 딕스는 그를 소심하고 쩨쩨한 질투쟁이로 매도했었다.

그런데 새로운 경지로 나아가려는 파울을 보니 자신이 질투쟁이가 되어버리고 만다.

'…이, 이건 질투가 아냐!'

변명해 보지만 제 마음을 어찌 속인단 말인가.

그 순간 갑자기 미안함이 울컥 치민다.

딕스는 그를 방해하는 요소를 막아주는 것으로 이 심정을 대신하기로 했다.

새벽 4시!

도시인들은 꿈나라를 헤맬 시간이지만 부지런한 시골 사람들은 활동을 시작할 때다.

고리아 마을은 시골이다.

그리고 몬스터라는 악재도 겹쳐 있다.

부지불식간 찾아온 영감을 좇아가는 저 마스터를 위해 울타리라도 하나 만들어주자.

소년이 만든 안개가 주변을 소리 없이 두껍게 감싼다.

소년의 허락 없이는 그 누구도 파울을 방해하지 못한다.

이제 지켜보는 일만 남았다.

저 남자의 성장하는 모습을!

'아씨… 배 아프네.'

자신은 진짜 착한 놈이다.

다른 놈들이었다면 질투에 사로잡혀서 무조건 방해부터 했을 것이다.

인생 이렇게 착하게 살면 손해 보는데, 제 선함에 스스로 크게 감탄하는 딕스였다.

아니, 솔직히 말하면 거인의 성장통(?)을 보고 싶었다.

사실 이런 구경은 억만금을 주고서도 볼 수 없는 것이기도 했으니까.

"추, 축하드립니다, 아저씨."

파울은… 엄청난 존재로 성장해 버렸다.

그 눈빛과 기도, 그리고 범상치 않은 표정에서 딕스는 이를 뼈저리게 느낄 수 있었다.

그와 마주 앉은 딕스는 진짜 뼈가 시리고 저렸다.

눈이 마주치면 동공이 파열될 것만 같았다.

왜 눈에 힘을 주고 자신을 보는 걸까? 설마 휴전 협정을 깨려는 게 아닐까?

~~콩콩콩콩콩~~.

'심장아… 심장아… 넌 콩이 아니란다.'

내가 미쳤나. 그 순간 왜 저 작자의 깨달음을 지켜주었단 말인가.

이건 완전 개오지랖이다.

방해했어야 했다.

딕스는 몹시 후회하고 안타까워했다.

그와 맺은 휴전 기간이 지나 예전 상태로 돌아가면 과연 그를 피해 달아날 수 있을까? 지켜보는 것만으로도 이처럼 몸이 바위처럼 무거워지는데.

"딕스."

"옙!"

딕스는 군기가 바짝 든 신병처럼 파울의 부름에 즉각 대답했다.

그는 터무니없이 강해졌다.

고로 그에게 개기면 안 된다.

휴전 기간 내내 죽을힘을 다해 그와 친해져야 한다.

'세상은 경쟁인데… 경쟁자를 밟는 건 지극히 당연한 자연의 섭리인데. 인간아, 인간아, 이 우매한 인간아! 네 무덤을

스스로 파버렸구나!'

호랑이가 날개를 달았다.

겁나 멋지고 졸라 무섭게 변신해 버렸다.

그 날개의 절반은 자신이 달아주었다고 봐야 한다.

그가 이 공을 알아주었으면 싶다.

왠지 파울은 원수와 은혜를 철판에 새기는 사람 같았다. 아니, 그런 인간이었으면 좋겠다.

말에 뜸이 길다.

보통 이런 경우에는 뒤끝이 안 좋은데, 한 걸음 크게 뒤로 물러서는 딕스였다.

꿀꺽.

바짝 긴장한 딕스에게 파울의 목소리가 들려온다.

"왜지?"

"예에? 그게 무슨……?"

"왜 도와주었는지를 묻고 있다."

"아, 아셨습니까?"

"난 네가 방해할 것이라 생각했다. 한데 오히려 도와주더구나."

"제가 워낙 착해서… 하하하."

"베려고 했다. 날 좌절시켰다면, 가차 없이."

파울의 어조는 담담했지만 참으로 무서운 내용이었다.

순간 딕스는 심장이 아래로 뚝 떨어지는 기분을 맛보았다.

사실 딕스는 파울을 방조, 아니, 도와준 덕분에 죽음의 위기를 모면했다.

이를 알게 된 소년은 내심 가슴을 쓸어내렸다.

그런데 그런 상황에서 과연 반격이 가능할까 하는 의문이 들었지만 파울의 표정을 보니 가능할 것 같기도 했다.

그래도 혹시나 싶어 이를 물어보는 담대한(?) 딕스.

"구, 구라죠? 제가 나름 독서를 많이 해서 아는데 깨달음 중일 때는 외부에서 자극하면 안 된다고 하던데."

이 말은 하지 말았어야 했나? 순간적으로 딕스는 후회했다.

그러나 이미 엎지른 물이다.

엎지른 물은 얼마든지 주워 담을 수 있는데, 하지만 말은 불가능하다.

진중하게 소년을 바라보던 파울이 말한다.

"개자식아."

소년으로 인해 지난 19개월 동안 받은 스트레스와 고생이 그의 이 말에 잘 녹아 있다.

물론 체면상 이를 표정으로 드러내지는 않았다.

그냥 무게만 엄청 잡을 뿐이다.

이를 알 리 없는 딕스.

"어… 아… 음……."

할 말이 없다.

뭔가 이 상황은 멘탈을 붕괴시킨다.

욕을 하는 사람이 어쩜 저리 과묵하고 진지할 수 있을까? 그래서 이 상황이 더욱더 납득이 안 되는 딕스다.

소년이 받은 충격과 감정을 싹 무시하며 파울이 담담하게 말한다.

"누가 자네더러 개자식이라 부른다면 자네는 개자식인가, 아닌가?"

"다, 당연히… 아니죠."

이건 뭔가 교훈을, 가르침을 주려는 분위기인데 인용하는 부분이 진짜 개거지 같다.

만만한 인간 같으면 들이박아 버릴 텐데.

딕스의 이 같은 처참한 기분에 상관없이 파울은 담담하게 말을 이어나간다.

"마찬가지네. 나만의 깨달음이 어찌 외부의 간섭에 부서질까? 그리 부서진다면 그건 진정한 깨달음이 아니다. 오히려 독이지."

한마디로 책이 구라다! 이 말을 왜 요따위로 한단 말인가. 사람 심장 벌렁거리게.

전격의 파울… 똘끼 있다.

'젠장… 거기다 강하기까지.'

딕스는 하늘이 노래졌다.

자신의 미래가 막막해 눈물이 핑 돌았다.

지난 19개월간 어떻게 살아 왔는데… 막판에…….

하지만 이를 내색할 수 없다.

어쨌거나 자신은 지금 거물에게서 산 교육을 받고 있으니까.

짝짝짝짝!

마음에도 없는 박수를 딕스는 손바닥이 터질 듯 쳤다.

"훌륭하십니다. 멋진 강의십니다. 제 머리에 쏙쏙 들어와 박혔습니다. 존경합니다! 업종은 다르지만 전격의 파울 님을 제 인생의 사부님으로 모시고 싶습니다. 절 받아주십시오, 사부님!"

넙죽!

아부도 장점이다.

제국에선 선생님, 뮬 공국에선 스승님, 리안 연합에선 사부님, 세 호칭이 다 사용되고 있지만 이왕 하는 아부, 지방색을 살리는 게 더 효과적이다.

파울의 두 눈이 남몰래 크게 반짝인다.

엄청난 대어가 자발적으로 품속으로 뛰어들었다.

리안 부족에는 이런 말이 있다.

사부는 제자의 또 다른 아버지다!

파울은 바라던 과실—딕스—을 드디어 딸 수 있었다.

노력하라! 그러면 얻을 것이다.

이는 만고의 진리다.

대륙력 4246년 9월 25일, 딕스는 생애 처음으로 사부를 모셨다.

제3장

내가 국가의 미래라고! 왜?

벽을 넘어선 파울의 경지는 딕스를 경악시켰다.

소년은 파울을 보조하며 고리아 마을의 화근 덩어리를 처리했다.

거대한 나무 뒤에 숨은 몬스터.

파울은 놈들을 보지도 않고 그곳을 향해 검을 휘둘렀다.

장님도 아닌데 앞에 나무는 보이지 않는 걸까?

딕스는 크게 황당해했지만 이 마음은 곧 충격으로 바뀌었다.

꾸에에엑!

나무 뒤에서 몬스터의 비명이 연이어 터져 나왔다.

이 무슨 일인가!

화들짝 놀란 딕스는 곧장 그쪽으로 달려갔다.

물의 척후를 통해 상황은 이미 알고 있었다.

존재감의 소멸.

그럼에도 달려가는 이유는 단 하나다.

'불가능해!'

마법사도 아닌 검사다.

그런 자의 검이 어찌 저 커다란 나무를 지나 몬스터만 벨 수 있단 말인가? 이는 딕스에게 큰 충격이었다.

물의 척후가 보고한 대로 몬스터는 모조리 죽어 있었다.

총 스물두 마리가 완벽하게.

그러나 그는 이를 보려고 달려간 게 아니다.

딕스는 나무를 확인했다.

손으로 툭툭 쳐 보고, 양팔로 밀고, 발로 쾅쾅 쳤다.

그런데 나무는 흠집 하나도 없이 멀쩡했다.

'세상에… 나무를 통과해서 몬스터만 벴어! 이런 말도 안 되는 일이……!'

하지만 그것은 시작에 불과했다.

숲의 몬스터를 상대하는 파울은 소년을 더욱더 놀라게 만들었다.

한 번의 깨달음… 대체 그 깨달음은 파울을 몇 단계나 상승시켰을까? 딕스는 이런 의문을 갖지 않을 수 없었다.

배가 몹시 아프다.

이건 밥 배도, 똥배도 아니다. 바로 사돈이 땅을 사면 아파오는 그런 배다!

어쨌든 그날 소년은 부러움의 대상이 되어버린 파울과 함께 환상적인 조합을 선보였다.

파울은 몬스터를 토벌한 뒤 그에게 딱 한 마디만 했다.

"훌륭하다."

그렇게 그날 고리아 마을 외곽의 큰 숲에선 몬스터의 씨가 말랐다.

주민들은 이들의 전과에 경악했다.

마을에는 축제가 열렸다

닭을 잡았다. 쫀쫀하다.

돼지를 잡았다. 그럭저럭 먹을 게 있었다.

이 지역에서 유명한 특산품인 소를 잡았다. 맛이 대박이었다.

몬스터의 씨를 말린 덕분에 파울과 딕스는 고리아의 영웅이 되었다.

영웅, 전격의 파울. 영웅 보조, 딕스.

주인공이고 싶었던 소년에게 주민들의 조연급 대접은 알게 모르게 상처가 되었다.

그래서 소년은 결심했다.

두 번 다시 고리아의 고 자도 듣지 않겠다고.

"예? 가, 가신다고요?"

딕스는 자신의 귀를 의심하며 파울을 보았다.

전격의 파울이 자신을 두고 그냥 간다니……. 아니, 그럴 거면 왜 지난 19개월을 죽자 살자 따라온 것인가.

허탈하다, 허무하다, 그리고 억장이 무너진다!

"자리를 너무 오래 비워뒀다, 딕스."

"…예에."

"한번 들러라."

툭툭.

소년의 어깨를 힘껏 쳐 주며 파울이 몸을 일으켰다.

퇴장할 때를 아는 영악한 영웅의 포스를… 마치 늦가을 낙엽처럼 날리며 소년의 시야에서 사라졌다.

'인정하긴 싫지만… 멋지네, 저 영감. 칫!'

자신의 인신을 구속하지 않고 그냥 가서 이러는 건 진짜 아니다.

저 모습, 진심으로 닮고 싶다.

소년은 자신의 머릿속 메모장에 파울이란 이름의 페이지를 아주 크게 만들었다.

지난 5일간 그와 함께하면서 보고 듣고 느꼈던 점들을 꼼꼼하게 기록하고 되새겼다.

"영웅님이 가셨다고요?"

파울이 갔다는 말을 듣고 고리아의 촌장과 주민들이 떼를 지어 우르르 몰려왔다.

"예, 사부님은 일이 있어서 가셨습니다."

저 주민들 얄밉다.

자기 덕분에 오늘의 태양을 보고 맛있는 쇠고기도 먹는 것인데 그런 자신을 영웅 보조 취급하다니!

밥 한 끼 얻어먹은 것으로 몬스터를 처치해 주려 했다.

한데 자신의 인격을 폄하해도 유분수지, 영웅 보조라니.

주민들의 얼굴에 안타까운 표정이 가득하다.

"아차차! 이런 큰 실수가!"

딕스는 갑자기 호들갑을 떨었다.

그러자 사람들이 영문을 모르겠다는 표정으로 그를 보았다.

이에 딕스는 화려한 장광설을 늘어놓았다.

간단하게 요약하면 이렇다.

여행 경비 좀 주쇼!

그날 파울이 고리아를 떠났듯 딕스 역시 고리아를 떠났다.

파울은 고독하고 과묵한 영웅처럼 멋있게 퇴장했고, 딕스는… 주머니가 두둑해져서 퇴장했다.

'몬스터 사체를 남겨줬으니 이 정도는 애들 사탕 값이지. 아암.'

고리아의 영웅과 보조는 1,500구의 몬스터 사체를 마을에 선물했다.

쓰레기에 불과한 사체 절반을 제외하면 나머지 절반은 돈 되는 것이다.

그걸 처리해서 팔면 딕스가 받은 여행 경비는 애들 사탕 값에 불과하다.

"뭐지? 이 씁쓸하고 공허하며 맥 빠지는 기분은?"

그간 쫓기는 데 길들여졌는지 갑자기 할 일이 떠오르지 않는 딕스.

그럴 땐!

"잘 먹고, 잘 쉬고, 잘 놀아야지!"

소년은 휴가를 선택했다.

한번 원 없이 놀아보리라!

싱그로아 왕국 동부 지역 콜리튼 시.

이 도시는 두 계절, 가을과 겨울이 멋지기로 유명하다.

멋진 호수, 아름다운 산과 강이 어우러지고 여기에 온천까지.

관광도시에 걸맞게 이곳은 높은 물가를 자랑한다.

그중에서도 특히 숙박료는 입이 쩍 벌어질 정도다.

"엥, 뭐요? 하루 숙박비가 삼, 삼 골드라고?!"

딕스는 생애 처음으로 휴가를 보내기로 했다.

이 도시에서 가장 전망이 좋고 시설도 최고인 특급 여관을 찾았다.

그런데 일반실이 하루 3골드라니.

페논의 수석 기사였던 아버지의 월급은 고작 2골드로 아버지가 한 달하고 보름을 일해야 이곳에서 하루 묵을 수 있다는 말이 된다.

더 놀라운 사실은 이 바가지요금을 받는 숙박업소에 남는 방이 이것 하나밖에 없다는 점이다.

세상에는 돈 있는 자들이 길가에 굴러다니는 개똥보다 많은가 보다. 그렇지 않고서야 이게 말이 되는 요금인가.

딕스는 마치 딴 세상에 와 있는 기분을 느꼈다.

참고로 딕스의 월급은 30골드다.

'아버지, 아십니까? 이게 세상이랍니다. 휴우.'

있는 자들의 세상… 참 무섭다.

종업원이 삐딱한 눈으로 딕스를 본다.

돈 없으면 꺼지라는 눈빛임을 어찌 모르랴.

노골적인 저 눈빛과 표정, 입꼬리에 매달고 있는 밥맛 떨어지는 건방진 미소.

지가 이 여관의 주인이라도 되나? 종업원 주제에 어디서 건방을! 그나마 예뻐서 봐준다.

빠직.

사나이 딕스, 오늘 쓴다.

"바, 바… 방 줘."

혀에 풍이라도 맞은 듯 발음이 잘 안 된다.

돈 쓰는 고객만 왕이다!

사르륵.

딕스의 수중에서 노란빛을 띈 동전이 새치름하게 나오자 종업원의 태도가 180도 바뀐다.

나긋나긋한 목소리로 그녀가 말했다.

"감사합니다, 고객님. 편안하고 즐거운 시간 되세요."

저 종업원 년… 길 가다 틀림없이 물벼락 맞을 것이라고 호언장담하는 딕스다.

'…음, 섹시하네.'

최고급 여관이라서 그런 걸까? 여종업원들이 놀라울 정도로 얼굴도 몸매도 착하다.

어디서 저런 착한(?) 여자들을 모았을까? 이 여관의 주인은 엄청난 수완가인가 보다.

딕스의 사춘기가 여기서 또 발작을 일으킨다.

"이 방입니다, 고객님."

객실을 안내한 종업원도 엄청 예쁘다.

코맹맹이 목소리도 예술이다.

종업원은 딕스에게 객실 시설물과 여관이 운영하는 수영장, 온천, 사우나, 술집 등등을 설명했다. 술집에 대한 설명은 유독 길고 꼼꼼하다.

싱그로아에서 최고로 꼽히는 관광도시, 거기서도 여긴 첫손으로 꼽히는 특급 여관이다.

인정하긴 싫지만 역시 돈값은 제대로 한다.

방긋방긋.

딕스는 자신을 향해 과도하게 웃어주는 종업원의 미소에 토할 것만 같았다.

가지런히 모은 그녀의 양손… 왜 거길 가릴까? 짧은 치마가 부담스러워서?

이곳에서 일하는 여종업원들의 치마는 유난히 짧다.

밖은 몹시 추운데 말이다.

"조, 좋군요."

잊지 말자. 그는 15세 후반… 불타는 사춘기 청소년임을.

그동안 전격의 파울에게 쫓겨 다니며 사춘기가 찌그러져 있었지만 지금은 원상 복구됐다.

아니, 더욱더 커졌다.

화르륵!

다 죽어가는 노인도 이곳의 여종업원들을 본다면 병상에서 벌떡 일어설 것이다.

하물며 한창때인 딕스는 어떻겠는가!

사춘기 청소년에게 이곳은 에로틱하고 럭셔리한 마굴이 아닐 수 없다.

그 마굴에 제 발로 걸어 들어온 순진한 청소년, 딕스.

참고로 종업원이 길고 꼼꼼하게 설명한 술집은 다섯 단계가 있다.

1단, 그냥 술만 마신다.

2단, 술도 먹고 여자랑 노닥거린다.

3단, 술도 먹고 여자랑 노닥거리는데 그 여자가 점점 헐벗는다.

4단, 술도 먹고 여자랑 노닥거리는데 그 헐벗은 여자가 문어처럼 달려든다.

5단, 술도 먹고 여자랑 노닥거리는데 그 헐벗은 문어가 된 여자랑 객실로 간다.

1단에서 5단까지의 가격은 단계별로 배로 뛴다.

가산 탕진! 정력 탕진! 인생 폐인!

그럼에도 이곳은 남성들의 천국이다.

"감사합니다. 많은 이용 부탁드립니다."

빨간 입술을 혀로 살짝 핥으며 뒤돌아선 종업원의 뒤태에 딕스는 취기를 느꼈다.

어질어질.

딕스는 주머니를 뒤졌다.

"이런 젠장! 11골드밖에 없잖아!"

은행에 가야겠다. 지금 필요한 것은 현금이다.

콜리튼 마도의 탑.

"반갑습니다, 고객님. 콜리튼 마도의 탑에 오신 걸 환영합니다."

정문 안내원의 한결같은 대사를 한 귀로 흘리며 딕스는 곧장 은행으로 달린다.

문을 벌컥 열고 들어선 딕스는 빈자리로 몸을 날렸다.

"어서 오십시오. 무엇을 도와 드릴까요?"

"돈!"

"예?"

"돈 찾으러 왔다고요."

직원의 얼굴에 어색한 표정이 감돈다.

곧 정상으로 돌아온 직원이 통장을 요구한다.

소년이 냉큼 통장을 건네자 웃으며 받아든 직원은 통장의 금액을 확인했다.

"고객님, 저 방으로 들어가세요. 곧 차를 내오겠습니다."

출금하러 왔는데 웬 차와 방? 소년이 고개를 돌려 직원이 가리킨 방을 본다.

VVIP 룸.

그렇다. 소년은 객장에서 일을 볼 수준이 아닌 것이다.

우량 고객! 우수 고객! 소년은 어느새 은행이 인정하는 VVIP가 되어 있었다.

특급 대우를 받으며 은행 업무를 마친 딕스는 여관으로 달려가려다 통신소로 발길을 돌렸다.

파울과 있었던 일에 대해 공주에게 보고하기 위해서다.

또 자신이 알아야 할 정보가 있을지도 모른다.

통신소에서도 딕스는 VVIP 룸을 이용했다.

사서함에는 공주가 보낸 편지가 있었다.

읽어 내려가는 그의 표정이 와락 일그러진다.

"제, 젠장!"

공주는 파울의 일을 해결할 수 있게 되었다고 편지에 적어 놓았다.

걱정 말라며 조금만 고생하면 된다고 했다.

딕스는 이미 파울과 볼 장 다 봤다. 파울을 사부님으로 모셨기에.

빈말을, 농담을 파울은 진담처럼 받아들였다.

그래서 그를 영구히 사부님이라 부르게 되었다.

그리고 리안 부족 연합에서 누군가를 사부라 부를 때는 자신의 인생에 아버지 한 명을 추가해야 한다는 것도 알게 됐다.

아부에 지방색을 입힌 죄로 소년은 양부를 얻은 것이다.

엄하고 고지식한 친부.

똘끼 충만한 무시무시한 실력의 양부.

'아부도 지식이 필요하다. 이 어록을 후세에 남겨야 할 텐데.'

진작 이 편지를 봤더라면 좋았을 것을…….

하지만 어쩌겠는가. 이미 사고는 쳤고, 양부는 생겼고, 자신은 지금… 환락의 성에 푹 빠졌다.

꾸깃꾸깃.

이 종이가 공주도 아닌데 구기면 어떤가.

공주가 보는 것도 아닌데.

공주의 편지는 또 있었다.

이번 것은 문구는 굉장히 짧았지만 강렬했다.

딕스의 표정이 사뭇 진지하게 경직되기 시작한다.

딕스, 파울의 일이 해결되는 즉시 싱그로아 왕국의 수도, 라틴 힐의 공국 대사관으로 가줘. 한시가 급해.

너의 무사만을 기원하는 엘리자베스.

파울의 일은 이미 해결됐다.

공주가 손써서 된 게 아니라 자신의 아부로.

그렇다면 이 편지를 받은 즉시 이 왕국의 수도 라틴 힐로 가야 한다는 건가? 아니면 좀 더 놀다가 가도 된다는 건가?

머리는 지금 가라고 한다.

어디로? 수도로. 하지만 사춘기의 감성은 좀 놀다 가자고 한다.

"1단, 그냥 술만 마신다. 2단, 술도 먹고 여자랑 노닥거린다. 3단, 술도 먹고 여자랑 노닥거리는데 그 여자가 점점 헐벗는다. 4단, 술도 먹고 여자랑 노닥거리는데 그 헐벗은 여자가 문어처럼 달려든다. 5단, 술도 먹고 여자랑 노닥거리는데 그 헐벗은 문어가 된 여자랑 객실로 간다."

딕스는 여종업원의 설명을 토씨 하나 안 틀리고 다 외웠다.

자신의 숨겨진 새로운 재능을 발견한 듯하다. 하지만 어디 가서 자랑은 못 한다.

이 순간 딕스는 슬픔을 느꼈다.

"인생 뭐 다 그렇지, 다 그런 거지."

과감하게 딕스는 환락을 포기하며 휴가를 날려 보냈다.

싱그로아 왕국의 수도, 라틴 힐의 중심에 이 나라의 정치를 좌지우지하는 절대적인 인물이 사는 곳이 있다.

강철의 왕궁!

싱그로아 인들은 자신들의 왕이 사는 곳을 공손한 태도로 이렇게 불렀다.

17세에 즉위한 싱그로아의 왕은 왕국의 오랜 병폐였던 동부와 서부의 깊은 골을 메우고 화해시켰다. 또한 외척의 득세로 문란해진 정치를 바로잡았다.

강철의 국왕, 안소니 폰 싱그로아.

그는 즉위 5년 만에 수십 년간 쌓인 국가의 골칫거리를 해치우며 부국강병의 초석을 다졌다.

군주의 자질을 타고난 이 명군의 나이도 어느덧 31세가 되어 있었다.

왕의 비밀 집무실.

“전하, 뮬의 엘리자베스 공녀가 주도해 리안 부족 연합과 아리온스 왕국을 화해시키고 동맹을 맺었다 하옵니다. 또한 자국 내 친제국파를 일소했다 하옵니다.”

파머슨 백작령의 그린스 마을에서 공주는 홍수에 휩쓸려 죽을 뻔했다.

당시 공주는 이 일을 정치적으로 확대하지 않았다.

그렇게 그 일을 묻어뒀던 공주는 리안 부족 연합과 아리온스 왕국을 동맹으로 삼자, 곧장 그린스의 홍수를 자신을 제거하려는 친제국파의 공작으로 규정한 뒤 칼을 빼들었다.

또한 이후에도 친제국파가 자신을 죽이려 했던 증거를 나열했다.

그 증거 중 하나가 페논의 영주였다.

친제국파의 사주를 받아 페논의 영주가 자신이 타고 다니던 마차에 불량품을 넣어 사고를 유발시켰다는 새빨간 거짓말을 공주는 표정 하나 바꾸지 않고 진지하게 했다.

당시 페논의 일을 친제국파는 신경조차 쓰지 않았었다.

사실 페논 남작령은 친제국파와 무관했다.

그들은 그런 영지가 국내에 있는지조차 몰랐다.

그랬던 페논이 친제국파 숙청에 중요한 변수로 작용했다.

이는 페논의 영주, 그의 아들 데일 데 페논 때문이었다.

데일은 친제국파에서 영향력이 높은 보리치 가문의 아들 캐넌 드 보리치와 자주 접촉했고, 공주의 마차가 전복한 결정적 원인인 불량 부속품의 교체가 이루어진 곳도 페논이었다.
공주는 한 번에 이 모두를 엮은 뒤 신속하게 다 쓸어버렸다.
제국이 개입할 틈도 주지 않았다.
강철의 군주, 혹은 철혈의 군주라 불리는 젊은 왕.
지금 그는 뮬 공국의 자세한 사정을 신하로부터 보고받고 있다.
단단하고 차가운 얼음덩어리 같은 느낌의 별호를 가진 안소니 국왕.
하지만 그를 처음 대면한 사람은 하나같이 어리둥절해한다.
사철나무처럼 늘 푸르른 왕의 부드러운 미소 탓이다.
그의 미소는 노곤함을 불러오는 봄 햇살 같다.
"엘리자베스 공주가 올해 몇 살이오, 홉킨스 후작?"
"열아홉입니다. 한 달 후면… 스물이군요."
"스물이라… 후훗, 그녀를 처음 본 게 엊그제 같은데 이젠 주시해야 할 무서운 군주 후보로 성장했군."
8년 전 안소니 국왕은 어린 엘리자베스 공주를 처음 만났다. 국왕은 그녀의 신분에 대해서 알았지만 당시 엘리자베스 공주는 그를 몰랐다.

공주는 안소니 국왕에게 똑 부러지는 목소리로 말했다.

"싱그로아 왕국과 뮬, 양국이 친해지려면 어떻게 해야 할까요?"

엘리자베스 공주는 안소니를 대귀족의 자제로 알았기에 이렇게 물었고 당시에 안소니 국왕은 당돌한 이 어린 공국의 숙녀에게 이리 대답했다.

"싱그로아는 뮬 공국과 친해지지 않을 것이다."

"왜, 왜죠?"

"뮬은 싱그로아의 왕께 국가로 인정받지 못했으니까."

안소니 국왕의 이 말에 엘리자베스 공주의 작은 얼굴에 북풍이 휘몰아쳤다.

하지만 어린 소녀는 결코 화내지 않았다. 다만 차가운 표정으로 차분히 안소니 국왕에게 말했다.

"뮬은 장차 이 땅의 모든 나라와 동등한 국가가 될 거예요. 지금은 싱그로아가 우리를 무시하지만 두고 보세요. 제가 반드시 뮬과 싱그로아의 어깨가 나란하게 되도록 만들 거예요."

어린 공주의 패기에 안소니 국왕은 잠시 놀란 표정을 짓다가 이내 통쾌하게 웃었다.

소녀의 모습에서 왕은 왕세자 시절의 자신을 보았다. 그래서 이 어린 공주에게 세 가지 숙제를 내줬다.

"만약, 뮬 공국이 내가 말하는 세 가지 숙제를 다 완수한다면 싱그로아는 뮬의 영원한 우방이 될 거야."

공주는 차분한 표정으로 조용히 안소니 국왕의 말을 기다렸다. 이에 안소니 국왕은 엘리자베스를 새삼 눈여겨봤다.

이때부터 안소니 국왕은 공주를 어린 계집아이가 아닌, 일국의 장래를 책임질 미래의 여왕을 대하듯 진지하게 대했다.

"첫째, 뮬은 리안 연합과 아리온스 왕국을 친구로 삼아야 할 것이다. 이 일은 어렵지. 그들의 적대감은 삼백 년이나 내려온 것이니까. 둘째, 썩은 살의 제거. 제국의 뿌리에서 갈라진 곳이 뮬이다. 자연히 제국을 추종하는 귀족들이 많지. 이들을 일소해야 한다. 셋째, 공국의 미래를 확실히 보여줘야 할 것이다. 이 세 가지를 뮬이 해준다면… 싱그로아의 젊고 멋진 왕도 흔쾌히 뮬과 친구가 될 것이다. 하하하."

잠시 과거를 회상하던 안소니 폰 싱그로아 국왕.

그는 엘리자베스 공주가 보여줄 숙제의 마지막을 하루빨리 보고 싶었다.

첫 번째와 두 번째 숙제는 단서와 추진력만 있으면 해결할 수 있다.

세 번째 숙제는 상대의 마음을 움직여야 한다.

세상에서 가장 힘든 것이 사람의 마음을 움직이는 일이다.

'공국의 미래… 과연 그녀는 내게 무엇을 보여줄까?'

안소니 폰 싱그로아 국왕의 얼굴에 흥미와 기대감이 엿보인다.

딕스는 콜리튼에서 하루를 묵은 뒤 다음 날 싱그로아의 수도 라틴 힐로 출발했다.

공주의 요청이 심상치 않았기에 자신의 욕망을 과감히 억눌렀다.

남자란 때론 단호해야 한다.

소년은 스스로를 최고의 남자라고 확신했다.

멋진 마음가짐이다.

처음에 그는 마차를 임대하거나 역마차를 이용하려 했었지만 곰곰이 생각해 보니 굳이 그럴 필요가 있을까 하는 생각이 들었다.

그는 이 기회를 빌려 이론으로만 알고 있던 기마술을 익히기로 결심했다.

아무래도 덩치 큰 마차보다는 이편이 오히려 더 빠를 수도 있겠다는 계산도 서 있었다.

일석이조를 노린 것이다.

자신은 천재니까, 하면 뭐든 잘하니까 승마도 그리될 줄 알았다.

그런데 현실은… 비참!

지난 19개월 동안 소드마스터에게 쫓겨 다니고도 딕스는 깨끗한 의복과 건강한 혈색을 유지했다. 한데 콜리튼을 떠난 지 나흘 만에… 그는 폐인이 되고 말았다.

아버지가 그랬다.

덕스… 기사는 안 되겠구나.

덕스는 자신이 큰형이나 작은형보다 덩치도 작고 뼈대도 가늘어서 기사가 못 된다고만 생각했다.

그런데 그게 아니었다.

몸으로 표현할 수 있는 모든 행위—검술, 승마, 궁술, 격투기 등등—에서 이보다 더 완벽할 수 없는, 하늘이 내린 몸치였던 것이다.

"예지몽에서도 걸어갔었지! 그 급한 와중에도."

외적이 쳐들어왔다. 그리고 집에 말이 있었다.

그런 상황에서는 당연히 말을 타고 가는 게 정상이다.

그러나 꿈속에서 자신은 걸어갔다.

이게 무슨 의미겠는가!

"말… 괜히 샀어, 괜히."

마차를 타고 갔어야 했다.

그랬다면 좋았을 텐데, 그랬다면 길도 잃어버리지 않았을 텐데.

지끈지끈.

부엉부엉.

아우우, 아우우우우!

컹컹컹!

깜깜하다. 여긴 어딜까? 자신은 대체 뭘 하는 걸까? 말은 달리고, 거기에 자신은 타고 있고…….

죽을힘을 다해 말을 세우려 했지만 말은 자신의 마음도 모르고 죽을 둥 살 둥 내달렸다.

그때는 정말 이대로 죽는구나 하고 생각했다.

눈물 콧물 흘리며 죽어라 고삐만 쥐고 있다가 낮은 나뭇가지에 그만 머리를 세게 얻어맞았다.

그 뒤 정신을 차려보니 혼자 있었다.

배낭도 잃고 말도 잃고, 가진 건 찢어진 옷과 흙먼지와 마른 눈물과 콧물과 주먹만 한 혹이 전부였다.

누군지는 몰라도 자신의 배낭을 주우면 대박일 것이다.

"현금을 왜 그렇게 많이 갖고 있었지?"

이 와중에도 배낭에 넣어둔 두둑한 현금 다발이 떠오른다.

그 현금만큼 눈물이 서럽게 치밀어 오른다.

콜리튼의 파라다이스.

딕스가 묵었던 환상적인 특급 여관의 이름이다.

그곳에서 15세 청춘의 밤을 불태워 보려고 인출했던 돈이었다.

제대로 한 번 써보기나 했다면 이처럼 억울하지는 않을 것이다.

거칠고 시커먼 나무줄기에 그는 이마를 댔다.

돈이 아까워서 미칠 지경이다.

차갑고 딱딱하다.

마음 같아서는 쿵 하고 머리통이 터지도록 박아버리고 싶었지만 그러면 아플 것이니 그냥 살짝 댄다.

그래도 내 몸은 소중하니까, 자해는 나쁘니까.

대륙력 4246년 12월 30일 늦은 밤, 소년은 두 번 다시 승마를 배우지 않으리라 각오를 세웠다.

딕스는 파김치가 된 얼굴로 새해 아침을 맞았다.

대륙력 4247년 1월 1일. 노도의 딕스, 16세!

그렇게 소년은 객지에서 또 한 살을 먹었다.

새해 첫날부터 소년은 눈 덮인 황량한 벌판을 쓸쓸히 걸었다.

3일을 걷던 소년은 드디어 마을을 발견할 수 있었다.

신년의 분위기가 한창이었기에 딕스는 주민들의 동정을 사서 옷과 음식을 얻을 수 있었다.

기분이 묘했다.

슬픈 것 같기도 하고 아닌 것 같기도 하다.

"라틴 힐로 간다고?"

오물오물, 꿀꺽.

"예."

"이런, 반대로 왔구나. 라틴 힐은 북쪽이란다."

딕스는 충격을 받았다.

그는 이미 악운에 당할 만큼 당했다.

낙담한 그가 불쌍해 보였던지 인심 후한 아주머니가 음식을 더 얹어 주며 말한다.

"영주님의 따님을 내 딸이 모시고 있단다. 영애께서 감기에 걸려 한동안 움직이시지 못하다 이번에 쾌차해 수도로 가게 되었다더구나. 내 딸에게 부탁해서 자리를 알아보마. 어떠니?"

이 아줌마는 천사다! 분명 그럴 것이다.

딕스는 감지덕지하며 이 제안을 받아들였다.

"가, 감사합니다. 정말 감사합니다, 아주머니. 새해 복 많이 받으세요!"

누군가의 복을 빌어주면 혹시 자신의 복에서 그만큼 떨어져 나가는 게 아닐까 하는 생각이 들자 다시 이 말을 회수하고 싶었다.

하지만 아주머니가 따뜻하게 웃으며 말했다.

"딕스, 너도 새해 복 많이 받아라."

복을 주고받았다.

"예, 감사합니다."

모든 악운은 그 황량한 곳에서 눈물로 다 쏟아냈다.

이제 자신에겐 밝은 미래만 있을 것이다!

딕스는 그렇게 스스로 최면을 걸었다.

두 번 다시 객지를 떠도는 개고생은 하지 않겠다는 마음을 간절히 담아.

"이름이?"

"딕스라고 합니다."

"그래, 잘생겼구나."

"가, 감사합니다."

"그런데 왜 거지가 되었지? 사지도 멀쩡한데?"

딕스는 지금 면접을 보고 있었다.

수도 라틴 힐로 쉽고 편하게 가기 위해서.

난생처음 보는 면접이라 떨린다.

여기서 떨어지면 수도까지 무일푼으로 걸어가야 한다.

마도의 탑 은행에 들르면 되지만 통장을 분실해서 보름이나 걸리는 복잡한 절차를 거쳐야 한다. 그러니 공국 대사관으로 간 뒤 일을 처리하는 게 훨씬 빠르다.

어쩔 수 없이 그는 면접에 최선을 다한다.

면접관은 딕스보다 한 살이나 어린 소녀다.

마리아 데 란스에.

파먹다 만 싸구려 보리빵처럼 생긴 게 무척 깐깐한 데다 더더욱 놀라운 사실은 자신이 엄청 예쁜 줄 안다.

'넌 파라다이스에선 걸레질도 못 해, 이 못난아!'

콜리튼의 파라다이스 여종업원들, 참 예뻤다.

귀족가의 여식이 다 예쁠 것이란 생각은 버려라.

딕스는 한숨을 내쉬었다.

저런 덜떨어진 계집아이의 눈에 들려고 이딴 면접이나 보고 있다니.

'…슬프다.'

왠지 올해의 운수도 느낌이 서늘하다.

오싹.

"취직만 시켜주시면 목숨 걸고 일하겠습니다. 뽑아만 주십시오!"

구구절절 사연을 늘어놓지 마라! 그럼 구질구질해서 절대 안 뽑는다.

이럴 땐 박력 있게 젊음의 패기를 불태워야 한다.

"음… 목소리가 크다. 천박해 보여."

"아… 죄송합니다, 아가씨."

"거지 같은 발상과 행동은 하지 마라. 그랬다간 당장 쫓아내겠다. 약속할 수 있느냐?"

"취, 취직된 건가요?"

사람 팔자 시간문제라는 옛말 하나도 그르지 않다.

자신이 이런 짓거리를 할지 상상이나 했겠는가!

"나가봐라."

"옙! 감사합니다. 최선을 다하겠습니다, 아가씨."

그대가 원한다면 그 못생긴 발이 다 닳아 없어질 만큼 키스라도 퍼부어주리다!

딕스의 지금 심정이 딱 이랬다.

취직이 되자 딕스는 한시름 놓았다.

제4장

겸손한… 딕스랍니다

지위가 바뀌면 사람은 변한다. 변하지 않으면 오히려 이상하다.

산 아래에서 보는 풍경과 산 정상에서 보는 풍경이 같지 않은 것과 마찬가지로, 일개 점원일 때와 점주일 때의 생각과 행동이 같아서는 안 된다.

하인으로 취직한 딕스는 하인답게 주어진 일만 묵묵히 했다.

불만은 많지만 내색하지 않았다.

코앞의 주전자를 드는 게 귀찮아 딕스의 임시 고용주는 그를 부른다.

냉큼 달려온 딕스는 그녀 앞에 놓인 주전자를 들고 컵에 물을 따른 뒤 그녀에게 바친다.

그녀의 그림자처럼 따라다니는 저 하녀는 대체 어디에 써먹으려는 걸까? 심히 의아했지만 고용주가 원하니 해줄 수밖에 없다.

액막이는 자고로 몸서리쳐질 만큼 지독해야 한다.

'네가 최강이다!'

딕스는 자신의 임시 주인인 액막이계의 최강 소녀를 향해 내심 엄지를 치켜들었다.

소년의 임시 주인은 그와 눈이 마주치면 늘 이렇게 말한다.

"잘생겼구나!"

처음에는 칭찬인 줄 알았다.

지금은 그것이 시기와 질투, 가지지 못한 것에 대한 열등감의 삐뚤어진 표현임을 안다.

'슬프게도 난 널 이해한다.'

소년도 한때는 변명의 여지도 없는 미운 오리 새끼였다.

그 시절에 소년은 아리온스 왕국의 유서 깊은 마법사 가문을 장차 이을 아서 반 브레이크를 만났었다.

자신보다 네 살이나 어린 새파란 놈이 친구를 먹자고 했다.

소년은 놈의 외모가 아주 마음에 들지 않아 입을 꾹 닫고 있었다.

심심하고 배가 고프기도 했지만, 그때 자신이 느꼈던 감정이… '잘생겼구나!' 라고 말하는 저 못난이의 지금 심정과 유사했다.

사실 이목구비를 하나하나 떼어놓고 보면 어디 한구석은 예쁘게 마련이다.

한데 놀랍게도 마리아 데 란스에 영애는 예쁜 구석이 전혀 없었다.

이런 경우는 정말 흔치 않다.

거기다 성격까지 지지리 못났다.

그녀의 얼굴과 성격은 강력한 주권 국가다.

"빨래해."

"예, 아가씨."

자정쯤에 마리아 데 란스에의 하녀가 딕스를 찾아왔다.

급한 일이 생겼나 싶어서 냉큼 달려 나갔더니 손수건에 먼지가 묻었다며 빨라고 한다.

'이 개똘아이 같은 년…….' 이라는 욕설이 딕스의 목구멍에서 맴돌다 겨우 가라앉는다.

여자한테 살심을 느껴보기는 처음이다.

하지만 싫은 내색 하지 않고 망할 년의 손수건을 들고 세면장으로 갔다.

달밤의 체조도 아니고 손수건 하나 빨라고 잠을 깨우다니.

'액막이가 다 그렇지, 다 그런 거지.'

수많은 불행이 자신을 찾아왔다.

하지만 그 불행에 단 한 번도 꺾인 적이 없다.

그냥 속만 엄청 상했을 뿐이다.

"딕스."

"예, 아씨."

그녀와 눈이 마주쳤다.

일찍 자고 일찍 일어나야 예뻐질 텐데 이 시간에 자지 않고 남 괴롭힐 궁리나 하니……. 못났다, 참으로.

'그래, 넌 자주독립국으로 평생 남자 손 타지 말고 그렇게 살아라.'

그녀에게 복을 빌어주는 착한 딕스였다.

과묵과 겸손을 배운다.

잃는 것을 두려워하지 않자 텅 빈 마음이 오히려 채워진다.

비울수록 채워진다! 어느 현자가 한 말이다.

이제 그 말뜻과 그 말을 남긴 현자의 마음이 조금은 이해된다.

"그놈 참 잘생겼다. 넌 최고다, 멋진 놈이다!"

자신을 사랑하라. 자신을 믿으라. 가식이 아니라 진정으로. 스스로 진정 아끼지 않는다면 누가 아껴주겠는가.

자신을 진정으로 믿고 아낌으로써 자연 남도 그렇게 된다.

내가 웃어야 남도 웃는 법이다.

하지만 단 한 사람, 지금 당장 그의 인생 최대 난제가 있었으니…….

"딕스."

주인의 착한 하녀가 왔다.

"좋은 아침입니다. 무슨 일이세요?"

"저기… 아씨가 너, 짐칸에 타래."

하녀는 입이 잘 떨어지지 않는지 이 말을 간신히 남기곤 도망치듯 사라졌다.

이 날씨에 짐칸이라니.

'그것도 나쁘지 않네.'

그는 웃었다.

일행과 일일이 아침 인사를 한 딕스는 일행의 책임자이자 마리아 데 란스에의 신변을 책임지고 있는 란스에 영지의 기사에게 짐칸에 타야 하는 이유에 대해서 설명했다.

기사는 걱정 한 마디 없이 냉정하게 '알았다!' 이 말만 하고 신경을 끊었다.

주위의 관심과 사랑을 받다가 요즘은 버려진 개똥 취급을 받고 있다.

이런 것이 두려워 전전긍긍했는데 막상 당해보니 오히려 아무렇지도 않다.

'하아, 이런 게… 이따위가 무서웠다니? 한심했군. 쳇.'

지난날이 기가 막히고 코가 막혔다.

정말 자신은 그동안 센 척만 한 바보였나 보다.

소년은 사방이 탁 트인 차가운 짐칸에 올랐다.

마차가 움직이자 차갑고 딱딱한 가방들이 몸을 때렸다.

이를 단단히 고정하느라 잠시 애를 먹었다.

그러자 이번에는 바람이 덤벼들었다.

박해받는 하인 딕스이기 이전에 그는 마법사다.

여전히 견습이라는 꼬리표는 붙었지만.

'성가시네.'

물의 막이 외부의 찬 공기로부터 그를 보호한다.

모든 것이 편해지자 그는 느긋해졌다.

잔잔한 수면처럼 흔들림 없는 눈으로 그는 점점 작아지는 세상을 보았다.

커졌다가 작아지는 모습들이 왠지 문장을 이루는… 지겨운 그 요소를 닮았다.

흔들리는 마차, 방치한 의식.

이 상태에서도 소년은 완전 마력 문장을 수련하고 있었다.

24시간 늘 깨어 있는 물의 오메가 덕분이다.

만년필이 잉크를 쭉 빨아들이듯 물의 오메가는 마나 저수지에서 마나를 빨아들였다.

곧 소년의 명령에 따라서 그의 의식의 그림판에 문장을 그리기 시작했다.

이전과 달리 물의 오메가도, 소년도 이 수련에 그리 연연해하지 않았다.

대충대충이다.

하지만 그 대충에 신묘한 현기가 서려 있었다.

그 현기는 지금 딕스의 눈빛과 한 치의 어긋남도 없이 닮아 있다.

범접할 수 없는 경지로 들어서는 거인의… 신비로운 위엄이 이 순간 그에게서 물씬하다.

그렇게 그려가던 문장에 점 하나가 남았다.

이 점 하나를 찍은 뒤 더 이상 문장을 완성할 마음이 들지 않는다.

소년도, 오메가 핵도 그냥 무심하게 그 자리에 점을 던지듯 툭 찍었다.

그런데 그 순간 놀라운 일이 벌어졌다.

크고 튼튼했던 소년의 마나 저수지가, 마나의 그 용기가 거세게 요동쳤다.

단벌 신사였던 물의 오메가가 새로운 옷을 입기 시작했다.

그건 번쩍번쩍 광채가 나는 신비로운 띠였다.

완전 마력 문장이 물의 오메가를 감싸며 그 속으로 스며든 뒤, 오메가의 내부에서 폭발적으로 밖으로 튀어나와 감싸기 시작한 그것은, 마법사의 경지를 상징하는 서클 띠였다.

이 순간 딕스는 1서클의 마법사가 되었다.

그러나 띠 하나를 생성하는 것으로 끝나지 않았다.

멈추기에는 힘이 너무 좋다.

두 개… 세 개… 네 개… 다섯 개!

마음의 짐을 눈물로 녹였을 뿐이었다.

두려움을 인정하고 포용했을 뿐이었다.

그리고 아무것도 아닌 자가 되어 자신을 찬찬히 되돌아봤다.

그랬더니… 하늘이 선물을 주셨다.

5서클의 힘을!

과해도 너무 과한 선물이라 두렵기까지 하다.

이루었다.

가족도 안전해졌고, 힘도 생겼고, 든든한 백도 있고, 키도 크고, 얼굴도 잘생겼다.

다 갖고 있다.

부족한 게 하나도 없다.

너무 완벽하다.

그래서 오히려,

'걱정이네… 휴우.'

마법사들의 세계에서 전무후무할 일대 획을 그었다.

물론 지금의 그가 최강은 아니다.

그보다 강한 사람들은 얼마든지 있으니까. 하지만 딕스의 나이에 이러한 경지에 이른 사람은 단언하건데 그 하나뿐이었다.

한마디로 딕스의 경지는… 그냥,

'사기다!' 라는 이 말 한마디로 설명할 수 있었다.

딕스는 묵묵히 하늘을 올려다보았다.

기뻤다. 너무 기뻐서 폭발해 버리고 싶었다.

하나 소년은 그리하지 않았다.

이 기쁨을 홀로 품에 꼭 안고서 조용히 만끽했다.

대륙력 4247년 1월 24일. 딕스, 16세… 단숨에 5서클 마법사가 되었다.

라틴 힐, 훌륭한 왕을 맞아 국력이 급성장한 싱그로아 왕국의 수도.

딕스는 이 왕국의 심장에 드디어 첫발을 디뎠다.

그를 괴롭혔던 액막이 소녀와도 이제는 작별이다.

소년은 몹시 건방진 표정으로 소녀를 보았다.

그리고 그녀에게 일을 그만두겠다고 당당하게 말했다.

그러자 소녀는 바퀴벌레 한 쌍의 교미를 보고 놀란 소녀처럼 소리쳤다.

"뭐? 가겠다고?"

"응."

딕스는 반말을 사용하고 있었지만 소녀를 비롯해서 그녀의 하녀와 수행원들은 이를 전혀 눈치채지 못했다.

그의 반말이 처음부터 그랬던 것처럼 자연스러웠기에.

"다시 떠돌이 거지가 되려고 하느냐?"

마리아가 말했다.

우습게도 그 목소리에는 짜증과 분노가 서려 있었다.

웃어도 봐줄까 말까 한 얼굴이 짜증을 내니 더 보기 싫다.

같은 여자라도 어찌 이리 엘리자베스 공주와 다를까? 적어도 그녀는 무언가를 주거나 빼앗을 때 상대를 납득시키기나 하지.

“응.”

귀찮다. 일일이 길게 답할 마음도 없다.

그냥 가려다 미운 정도 정이라고 한마디는 하고 가야 할 것 같았다.

한데 분위기를 보니 그냥 보내줄 것 같지가 않았다.

“비루한 놈.”

“못생긴 년.”

딕스는 곧장 되받아쳤다.

장내는 충격의 도가니에 빠졌다.

마리아 데 란스에, 그녀 앞에서 그 누구도 그녀를 못생겼다고 말할 수 없다.

그런데 지금 하찮은 하인 나부랭이가 그녀의 면전에서 그 금기의 단어를 가감 없이 내질렀다.

화가 머리끝까지 치민 마리아가 벌떡 일어났다.

그녀는 탁자에 있던 찻잔을 들었다.

그 자리에서 꼼짝도 않은 채 딕스는 그녀를 매섭게 노려보았다.

마리아는 찻잔을 그에게 던지지 못했다.

그녀는 딕스의 눈을 보자 소름이 오싹 끼치면서 온몸에 힘이 쫙 빠져 버렸다.

기세!

5서클 마법사의 카리스마에 질려 버린 것이다.

"감히, 아가씨께!"

"미천한 놈이!"

마리아의 수행원들이 노발대발한다.

사실 저들은 마리아의 분노가 자신들에게 향할까 봐 이를 더 염려했다.

딕스는 이들을 차례차례 매서운 눈으로 쏘아보았다.

"입 닥치고 있어라."

5서클 마법사의 위엄이 서린 음성이다.

감히 촌구석 작은 영지의 기사 따위가 어찌 감히 5서클 마법사의 아성에 도전할까.

딕스는 자신의 존재감을 처음으로 활짝 개방했다.

전격의 파울이 그랬던 것처럼 해보았다.

저들도 그때 자신이 느꼈던 그런 감정에 빠질까? 궁금증에 사람들의 표정을 유심히 살폈다.

그들은 천적을 만난 작은 초식동물의 나약한 모습이었다.

파울이 위엄을 뿜었을 때 자신은 저렇지 않았다.

나름 버티고 맞섰다.

그런데 저들에겐 그런 오기도 없었다.

그냥 두려워할 뿐이다.

소년은 자신의 존재감을 타인이 두려워한다는 사실에 적잖이 놀랐다.

한편으론 이런 자신이 유치하단 생각이 들었다.

소 잡는 칼로 닭 잡는 건 당연하다.

할 때는 확실하게, 뒤탈 없이 해야 하니까.

하지만 용 잡을 칼로 닭을 잡는 건 인간적으로 미안한 노릇이다.

그래서 딕스는 자신이 풀어낸 존재감을 거둬들였다.

딕스는 엄한 어조로 충고했다.

"마리아 영애, 내 말을 잘 들어요. 당신은 못생겼습니다. 이미 당신은 자신에 대해 인정하고 있습니다. 하지만 남들이 그리 보는 건 아직 인정하지 못했지요. 그래서 당신의 얼굴은 늘 차갑고 뾰족한 느낌을 줍니다. 그 분위기는 당신을 더더욱 힘들게 하고 고립되게 할 뿐이에요. 마리아 영애, 예전 한 남자애도 당신과 같은… 표현의 방식은 달랐지만 그랬답니다. 하지만 스스로를 돌아보는 계기를 맞은 이후 바뀌었어요. 사실 내가 당신에게 이런 말을 하는 게 우습군요. 당신과 나의 인연은 여기서 끝이니까요. 이후 혹시라도 다시 만나게 된다면 날 대할 때 조심하지 않으면 안 될 겁니다. 이래 봬도 나는 백도 있고 힘도 있는 남자랍니다. 거기다 당신이 입버릇처럼 말했듯이 잘생겼고요. 그럼."

진중한 표정으로 소년이 돌아섰다.

아무도 그를 붙잡지 못했다.

좀 전에 그에게서 뿜어져 나온 존재감이 너무 크고 강렬했기 때문이다.

그들의 몸은 식은땀으로 흠뻑 젖어 있었다.

문고리를 잡고 돌리려던 딕스가 돌연 손을 멈췄다.

문고리에서 손을 뗀 딕스는 곧장 마리아를 향해 성큼성큼 걸어갔다.

마리아는 화들짝 놀라 의자에 주저앉았다.

울음을 터뜨릴 것 같은 표정이다.

붕어처럼 입만 뻐끔대는 그녀를 향해 딕스는 진지하게 말했다.

"인건비는 주셔야죠, 마리아 영애."

인생에서 중요한 건 실리다.

몸에 밴 이 습성은 도저히 떨어져 나갈 기미가 없다.

쫀쫀한 5서클 마법사, 그의 이름은 딕스였다.

딕스는 남루하고 허름한 하인복을 벗어던지고 노동으로 번 돈으로 새 옷을 사 입었다.

허름한 차림의 그를 홀대했던 옷 가게 주인과 점원은 탈의

실에서 나온 그를 보자 하나같이 깜짝 놀랐다.

이들의 생생한 반응에 딕스는 불친절함에 대한 소소한 응어리를 풀어버렸다.

'반전의 묘미겠지.'

그렇다고 완전히 풀리지는 않는다.

5서클 마법사도 사람이다.

놀라 얼이 빠진 주인과 점원을 지나친 딕스는 전신 거울 앞에 섰다.

아둔함을 단숨에 잘라 버리는 날카로운 턱 선이 지성미를 뽐낸다.

사물을 단숨에 꿰뚫어 보는듯한 충만한 혜안의 눈빛과 거친 야성의 눈매, 한때 이 눈매가 몹시 마음에 안 들었는데 지금 보니 자신만의 느낌을 크게 살려주는 히든 아이템이다.

그리고 꾸준한 노력으로 완성된 걸작, 우월한 기럭지—길이—!

본바탕이 워낙 좋아서 뭘 입어도 멋이 살아 있다.

한 가지 아쉬운 점을 굳이 꼬집으라면 여드름이 나기 시작한 피부였다.

5서클 마법사에게 여드름이라니.

'포션질 좀 해야겠구나.'

이 여드름의 원인은 성깔 나쁜 주인을 한동안 모신 탓이 아닐까 싶다.

당분간 영양가 있는 음식과 편안한 잠자리로 그간의 고생을 한껏 보충하리라.

인격 수양을 위한 고생도 그만큼 했으면 됐으니.

흡족한 표정으로 거울에서 눈을 뗀 딕스는 다시 퉁명해진다.

"얼마요?"

"1실버 30쿠론입니다, 손님."

"옜소."

옷값을 지불한 딕스는 기지개를 한 번 쭉 편 뒤 가게를 나서려다 멈칫했다.

자신을 빤히 응시하는 주인과 점원을 향해 딕스는 가지런한 치아를 내보이면서 좀 전의 퉁명함을 내던지고 친절한 음성으로 묻는다.

"뮬 공국의 대사관은 어디죠?"

자고로 아쉬운 놈이 친절해지는 법이다.

주인에게 대사관의 위치를 확인한 딕스는 곧장 그리로 향했다.

신분증이 없다 보니 대사관 경비와 한동안 실랑이를 벌였다.

겨우 직책이 있는 자를 만났는데 여기서도 문제가 생겼다.

확 달라진 딕스의 외모 때문이다.

"잠깐만요. 상점에 갔다 올 테니 기다려 봐요."

대사관을 빠져나온 딕스는 곧장 상점으로 가서 약을 한 병 구입했다.

그는 그 약을 들고 화장실에 들어갔다가 10분쯤 후에 나왔는데, 뭔가 달라졌다.

"어? 재능자다!"

"어머, 저… 저 이마의 문장 봐!"

"아까는 없었는데."

"생긴 것도 저리 멋진데… 재능자라니!"

딕스를 향해 호의적인 반응이 마구 쏟아졌다.

잠시 그들의 반응을 짧게 즐긴 딕스는 거울 속 제 모습을 들여다봤다.

오랜만에 세상으로 드러낸 문장이 그의 준수한 외모를 더 신비롭게 받쳐 준다.

'멋진데!'

크게 만족한 얼굴로 상점을 나온 딕스는 곧장 대사관으로 발걸음을 옮겼다.

대사관 정문 경비병들의 얼굴이 마치 유령을 본 듯하다.

재능자!

그 얼굴이 바로 신분증이다.

"수고들 하세요. 후훗."

사람이 너무 많이 변해도 피곤하다.

물의 오메가(Ω)!

오랜만에 드러낸 이 문장으로 인해 대사관에서 받았던 의심을 풀 수 있었다.

소소하지만 귀찮은 일들을 거친 딕스는 대사관의 총책임자인 대사를 만나 놀라운 소식을 듣게 됐다.

공주의 복귀와 친제국파의 숙청, 그리고 숙청 대상에 자신을 못 잡아먹어 안달하던 캐넌 선배가 포함되어 있다는 것이었다.

데일 데 페논 같은 피라미 따위는 더 이상 신경 쓰지 않는 딕스였다.

녀석과는 급이 달라졌기 때문이다.

문득 레이첼 데 페논의 얼굴이 떠오른다.

'평민으로 강등됐다니… 그나마 다행이긴 한데. 흐음.'

왜 자신이 그녀를 걱정하는지 이유는 모른다.

스치듯 생각이 났을 뿐이다.

"딕스 경."

"아! 예, 대사님."

"나흘 후 왕실 무도회가 열린다네. 경은 나와 함께 거기에 참석해야 한다네."

대사라는 직책은 일국을 대표하는 인물이다.

딕스의 현재 신분을 생각하면 직위와 나이까지 높은 대사는 그에게 말이나 행동을 편하게 할 수 있다.

그럼에도 대사는 그러지 않았다.

왠지 딕스에게 잘 보이고 싶어 안달하는 눈치였다.

딕스는 대사의 심정을 십분 이해한다.

공국의 진정한 대세로 화려하게 등장한 공주, 전에도 잘 보여야 했던 사람이지만 지금은 더더욱 잘 보여야… 뭐, 지금은 굳이 그렇게까지 할 필요가 없다.

왜냐면 그때의 딕스와 지금의 딕스는 달라졌기 때문이다.

'그러고 보니 골렘을 소환해 보지 않았잖아?'

딕스는 자신의 머리를 툭 치면서 내심 혀를 내두른다.

'골렘… 쏘리.'

리안 부족 연합 이곳저곳을 돌아다니다 보니 수많은 방언을 주워들었다.

그중 귀에 착착 감기던 말, 쏘리—미안—.

일단은 대사와의 대화에 집중해야 한다.

"공주님의 뜻이겠죠?"

"그렇다네."

"음, 제가 더 알아야 하는 건 없나요?"

"아! 하나 있네. 공주님께선 평소처럼만 행동하면 된다고 하셨네. 그게 전부일세. 그리고 은행에 자네의 신분을 증명하는 보증은 내가 서줌세."

은행 통장 분실 건은 대사의 자청으로 단기간에 완벽하게 해결됐다.

딕스는 덤으로 숙식도 제공받았다.

이래서 사람은 높은 자리의 튼튼한 연줄을 필히 잡아야 한다.

하지만 딕스는 아직 그 누구에게도 자신의 경지에 대해서 말할 생각이 없었다.

반전의 재미를 위해서다.

"감사합니다, 대사님."

공주가 왜 싱그로아 왕실 무도회에 참석하라고 했는지 딕스는 알지 못했다.

하지만 그는 그녀를 믿고 있었다.

최소한 그녀가 자신을 망칠 사람은 아니란 것을.

'공주님… 전 옛날의 그 딕스가 아니랍니다. 5서클의 무서운 마법사가 되었답니다. 후훗.'

이제 공주가 깜짝 놀랄 일만 남았다.

조국의 하늘 아래 있을 멋지고 아름다운 상관을 떠올리며 그는 씩 웃는다.

노을이 창문으로 스며든다.

오늘은 저 노을을 걱정 없이 바라보며 먹고 쉴 수 있으리라.

딕스는 알지 못했지만 그의 등장은 많은 이들의 주목을 끌었다.

그중 불미스러운 시각으로 쳐다보는 자들이 있다.

바로 뮬 공국의 약진을 못마땅하게 여기는 제국이다.

지금 그 제국의 하수인들이 칼을 빼들었다.

"이틀 전 뮬 공국의 대사를 접견한 그 재능자는 관저에 머물고 있습니다. 현재까지 외출은 없었습니다. 하지만 오늘 외출한다는 정보를 입수했습니다."

"그가 공녀의 밀사일 확률은?"

"현재까지 오십 퍼센트입니다."

"놈이 연막일 확률은?"

"칠십 퍼센트입니다."

"애매하군."

"그렇습니다, 하지만 상부에선 단 일 퍼센트의 확률일지라도 움직이라는 명령이 내려왔습니다. 황제께서… 이번 뮬 공국의 행위에 크게 진노하셨습니다. 만일 싱그로아까지 동맹에 참가한다면 황제의 진노는 몹시 클 것입니다."

뮬 공국은 리안 부족 연합, 아리온스 왕국과 동맹을 맺으면서 제국의 영향력 아래서 크게 벗어났다.

이는 정치, 경제, 국방 분야에서 골고루 이루어졌다.

물론 아직까지 완전하지는 않았다.

공국은, 그리고 엘리자베스 공주는 완전함을 위해 여전히 치열하게 움직이고 있었다.

이전과 달라진 점은 이제 제국의 주목을 받게 되었다는 것이다.

이는 굉장히 위험한 상황이다.

한 번이라도 발을 잘못 디디면 그 순간 공국은 지도상에서 영원히 사라지게 된다.

아슬아슬한 그 외줄 타기에 딕스도 동참 중이다.

"할 수 없군. 놈을… 제거해."

암살 명령!

"즉시 시행하겠습니다."

그 시각, 딕스는 여드름과의 전쟁을 선포하기 위한 재료인 포션을 구입하러 가고 있었다.

굳이 직접 갈 필요는 없다.

관저에서 일하는 하인이나 하녀를 시키면 된다.

그럼에도 그가 직접 움직이는 이유는 단 하나다.

드디어 오늘 골렘을 소환해 보려는 것이다.

두근두근.

설렌다는 표현이 그가 지금 느끼는 감정을 모두 대변하고 있었다.

라틴 힐의 토박이 하인에게 사람들이 잘 찾지 않는 공원 같은 곳을 물었다.

이곳은 대도시라 많은 사람들이 살지만 대부분이 동물처럼 제 영역—동선—에서만 활동한다.

특히 평일 낮 시간대면 도시는 지역에 따라서 번잡함과 고적함의 명암이 분명하게 엇갈린다.

지금 딕스는 라틴 힐에서 가장 고적한 곳을 찾아가고 있다.

'지난 이틀 동안 마법사에 대해 공부했다. 현재 나의 경지는 5서클. 내가 소환할 수 있는 골렘은… 아, 설레네. 휴우, 사미터.'

저 앞쪽 건물 옆 2층 가옥. 대충 저 높이쯤 되리라.

공원의 나무가 자신의 골렘을 가려줄 것이다. 골렘이 어떤 형상을 했는지는 책에서 확인했다.

'물, 바람, 땅, 불의 골렘은 그 특유의 원소를 좇아 형태가 정해지지 않을까?'라는 생각은 버려라. 골렘은 형태와 색상이 조금 다르고 서클에 따라 크기가 다를 뿐 그 외는 유사하다. 그 생김은 두꺼운 갑옷을 입은 전사나 기사 같은 느낌이다. 기사와 다른 점이 있다면 골렘은 강력한 물리력과 마법을 동시에 구사하는 전천후 병기라는 것이다.

골렘에 대해 이론적으로 열심히 배운 딕스는 오늘을 실습 날짜로 정했다.

마법사로서의 그의 오늘은 평생 기억될 역사가 될 순간이었다.

'마법사의 마나를 십으로 가정할 때, 골렘의 단순 물리적 전투에는 일의 마나가 소모된다. 하지만 마법의 강약에 따라 마나 소모는 오, 혹은 십이 될 수 있다. 지속적인 전투를 위해서라면 골렘의 물리적 전투가 좋다. 그렇게만 써도 전투를 압도할 대단한 위용이지. 사 미터 거구의 기사를 보고 전의를 불태울 인간이 과연 몇이나 될까? 휴우.'

마법사의 영원한 반려. 그는 지금 흥분을 억누르며 그 반려를 지금 만나러 간다.

룰루랄라.

싱그로아 왕국의 왕성.

이곳에서도 딕스의 등장을 주목하고 있었다.

가장 주목하는 자는 바로 이곳의 주인이다.

안소니 폰 싱그로아, 그리고 그의 충실하고 듬직한 신하 홉킨스 반 데크샤이 후작.

따뜻한 온실 속에 들어앉은 두 사람은 오붓하게 차를 마시고 있다.

평화로운 겉보기와 달리 이들이 나누는 주제는 지금의 분위기와는 거리가 멀었다.

"제국의 그림자들이 움직였다는 첩보입니다. 이대로 방관하실 건지요?"

그들과 국경을 접하고 있지는 않지만 제국의 약진은 싱그로아 입장에서도 반가운 일이 아니다.

그런데 뮬 공국이 주도해 북부 군사 동맹의 틀을 짰다.

싱그로아 입장에선 훌륭한 최전방 방책이 들어선 것이다.

이 중 가장 까다로운 리안 부족 연합과 아리온스 왕국이 이미 가입한 상태다.

싱그로아로서는 이 동맹을 적극적으로 지원하고 후원해야 할 상황이다.

국왕 역시 동맹에 있어서는 긍정적이었기에 홉킨스 후작은 굳이 이를 언급하지 않았다.

“그는 엘리자베스 공녀가 과인에게 보여주는 공국의 미래일지 모르오. 그 미래를 과인이 지켜준다는 것은 내 어린 친구에 대한 큰 결례라 생각한다오. 그녀는 나와 동등해지길 원하지, 보호받는 가녀린 아이가 되길 원치 않소. 그래서 난 여기서 기다릴 생각이오. 그녀가 내게 보여주려고 하는… 공국의 미래를 말이오.”

그는 엘리자베스 공주 자신이 직접 올 줄 알았다.

공국의 미래로써 그녀는 자신의 가치를 입증했기에.

한데 그녀는 쉬운 길을 마다했다.

그녀가 자신에게 보여주려고 하는 공국의 미래, 과연 그녀가 내세운 인물이 누군지? 국왕은 궁금했다.

한편으론 공주가 직접 찾아오지 않은 것에 실망하기도 했다.

“전하께선 어쩔 땐 세상에서 가장 다정다감하신 것 같아 걱정을 사게 하다가도 이럴 땐… 멋지십니다. 하하.”

“흠, 무르다는 표현을 다정다감으로 바꾸니 참 듣기 좋소이다."

"전하, 뮬 공국이 주도해 동맹이 탄생했으니 그 주도권은 뮬이 가지게 됩니다. 저희 입장에서 이는 탐탁지 못한 상황이 아니겠습니까?"

홉킨스 후작의 우려에 안소니 국왕은 빙그레 웃으며 즉답을 하지 않았다.

국왕은 반쯤 남은 찻잔을 들어 장난하듯 후작에게 내보이며 이렇게 말했다.

"과인에게 찻잔은 중요하지 않소. 찻잔 안에 무엇이 들어 있는지가 중요할 뿐이오. 제국은 강하오. 그리고 현 황제의 치세 이후 그들의 약진 속도가 매우 빨라지고 있소. 풍요로운 거대한 땅덩어리, 수많은 인구, 현명한 군주까지. 솔직히… 지금의 제국은 두려운 국가요. 머리가 있고 눈이 있는 군주라면 제국을 경계하지 않을 수 없소. 이런 상황에서 찻잔에 연연하는 건 어리석은 일이 아닐까 하오. 그리고 이제 그만 내 속을 떠보시오. 하루 이틀도 아니고 십 년이 넘게 그러니 이제는 지겹소이다. 하하하."

안소니 국왕의 말에 홉킨스 후작은 빙그레 웃으며 자신의 찻잔을 든다.

"전하."

"그 표정… 흠, 무엇으로 날 곤란하게 할 생각이오?"

"왕비를 얻으심이 어떠합니까?"

31세의 현명하고, 잘생기고, 부자이며, 나름 비장의 한 수도 갖고 있는 멋진 왕.

국정, 백성과 결혼하겠다고 농담처럼 말했던 왕은 아직 미혼이다.

수많은 귀족들이, 외국의 왕실에서 청혼을 넣었지만 안소니 국왕은 이를 매번 거절했다.

그래서 왕이 남색가라는 말도 소문으로 나돈다.

그리고 그 상대는 홉킨스 반 데크샤이.

"후작 부인께서 또 재촉하셨나 보군."

남편이 왕의 애첩(?)이라는 소문을 들어야 하는 부인의 속이 어찌 편할까? 아닌 걸 알면서도 속이 상하는 건 어쩔 수 없는 노릇이다.

사람은 혼자서 살아가는 존재가 아니기 때문이다.

"그 때문이 아닙니다."

"쯧쯧, 매번 그 소리요."

"전하."

"휴우, 그래 이번에는 어떤 가문의 처자요? 아니면 어떤 왕실의 처자요?"

"엘리자베스 공녀는 어떠합니까? 공녀가 보낸 밀사를 저희가 매파로 보낸다면 이도 멋진 일이 아닐까 합니다."

안소니 국왕은 후작의 말에 평소와 달리 거절하지 못했다.

왕은 긍정도 부정도 아닌 모호한 표정을 지으며 빙그레 웃었다.

홉킨스 후작은 국왕이 남자가 아닌 여자에게 처음으로 관심을 보이는 것이 몹시 반가웠다.

엮으리라! 반드시 왕과 공국의 공녀를 부부로 엮고야 말리라.

후작은 의지를 활활 불태웠다.

제5장

나의 골렘, 시리우스

딕스는 즐거운 발걸음으로 한적한 공원을 찾았다.

그런데 어느 순간부터 소년의 얼굴에서 설렘과 기쁨이 반감하더니 차가운 느낌이 얼굴 가득 번졌다.

무엇이 한껏 들떠 있던 소년의 기분을 망친 것일까? 알 수 없는 그의 표정과 분위기, 그리고 느려진 발걸음.

'뭐하는 놈들이지?'

찌릿하게 밀려오는 지금의 느낌에 소년은 익숙했다.

소년이 느끼고 있는 것은 살기였다.

16세에 불과한 소년이 이를 단숨에 간파하기는 어렵다.

하지만 소년의 지난 삶을 돌이켜 보면 이런 즉각적인 반응은 어쩌면 당연한 것일지도 모른다. 적어도 그의 경험은 결코 16세 소년의 것이 아니었으니까.

아무도 찾지 않는 쓸쓸한 공원.

고래고래 악을 써도 이를 듣고 찾아올 사람 하나 없는 마치 세상과 단절된 듯한 곳이다.

그러한 곳에 낯선 자들이 숨어서 소년을 지켜보며 살기를 내뿜고 있었다.

5시 방향!

소년은 놈들의 위치를 단숨에 파악했다.

물의 척후를 거느린 그의 눈을 피하기란 쉽지 않다.

우우우우우우웅!

딕스의 마나가 움직인다.

이를 움직이는 주체는 물의 오메가 핵! 그리고 녀석의 주인은 딕스.

다섯 개의 서클 띠를 가진 오메가 핵의 위용은 과거와 크게 달라져 있었다.

딕스는 그 자리에서 움직이지 않았다.

그는 놈들의 움직임을 기다렸다.

그리고 왜 저들이 자신을 노리는 것일까를 생각했다.

'느리군.'

딕스는 조용히 뇌까렸다.

더 기다릴 필요가 없다.

살수 따위에게 시간을 할애하는 것은 너무 비효율적이니까.

"그럼, 내가 먼저 움직여 주마."

내내 딕스를 지켜보며 따라온 자들은 내심 당혹감을 느꼈다.

범접할 수 없는 무언가가 소년에게 있음을 느낀 그들은 쉽게 공격하지 못했다.

이들은 본능적으로 숨죽이며 절호의 기회를 노렸다.

하지만 그러한 기회를 얻기도 전에 소년에게 발각당해 끔찍한 위력의 공격, 아니, 습격을 받아야만 했다.

쩌쩡쩡쩡쩡—쩍!

콰드드득.

암살자들의 몸이 얼음으로 뒤덮였다가 작은 알갱이로 부서져 흩어진다.

주변 어디에도 인간의 육신으로 보이는 조각은 남아 있지 않다.

단호하고 냉혹한 행위의 주체는 16세의 5서클 마법사다.

놀랍게도 딕스 개인의 마법 역시 서클을 이룩한 이후 급격하게 성장해 있었다.

그 파괴력은 딕스 본인도 깜짝 놀랄 지경이었다.

과거와 현재와 미래를 통틀어 그 어떤 마법사도 현재의 딕스와 같은 능력을 갖거나 발휘하지 못했다.

최강 괴물 마법사!

그에게는 이런 수식어가 어울릴 것 같다.

완성된 토대하에서 처음으로 소년은 자신의 마법을 구사했다.

그 결과는 소년을 만족시켰다. 아니, 놀랬다.

"어… 엄청나군."

소년은 제 눈앞의 장면이 쉬이 믿기지 않았다.

이제까지 그가 마법으로 사라지게 한 일들은 그가 원해서 한 것이 아니었다.

상황에 쫓기다 그리된 결과였을 뿐이었다.

하지만 지금은 이 모든 행동의 온전한 주체가 되어 냉정하게 그 힘을 발휘했다.

결과는 같더라도 분명 다른 일이었다.

"너 하나 남았군."

소년은 암살자의 무리 중 한 명만을 남겨뒀다.

놈의 숨결은 몹시 거칠고 두려움의 칼바람 앞에 온몸을 사시나무처럼 떤다.

이는 공포에 짓눌린 자의 전형적인 반응.

소년은 이제 누군가에게는 지독한 공포로 비칠 실력과 이에 못지않은 독한 마음을 갖추고 있었다.

"사, 살려주십시오."

상상을 초월하는 무시무시한 공격을 받고 동료들이 순식간에 죽음을 맞이했다.

칼로 베이고, 돌에 찧이고, 창과 화살에 꿰뚫리는 종류의 죽음과는 질적으로 달랐다.

그것이 이 암살자를 극심한 공포와 혼란에 빠뜨렸다.

딕스는 냉엄하고 냉철한 모습으로 위축된 암살자를 바라보았다.

지금 그의 모습 어디에서도 16세 소년의 모습은 찾아볼 수 없다.

무자비한 위엄이 소년의 전신을 감싸고 있을 뿐이다.

"동정은 바라지 마라. 내게 그걸 바라면 안 되지 않을까? 내가 너희보다 약했다면 이 자리에 서 있는 건 너희였을 테니 말이야."

딕스의 냉소에 암살자의 오한은 더욱 심해진다.

부르르.

상대는 자신을 살려줄 마음이 눈곱만큼도 없다.

순간 이러한 확신이 들자 암살자는 발악하듯이 필사의 일격을 준비했다.

"어차피 죽을 거면… 너도 무사하지는 못할 것이다! 이야야야얍!"

암살자는 딕스를 향해 전력을 다해 돌진하려 했다.

하지만 이는 그의 바람에 지나지 않았다.

놈은 그 자리에서 한 발짝도 움직이지 못했다.

"크흑!"

암살자의 하체는 서리로 뒤덮여 있었다.

이자가 움직이지 못한 이유였다.

"너 하나만을 살려둔 내 목적은 아직 달성되지 않았다."

"자, 잔인한 놈."

"그 말 고맙게 듣지. 적에게 무르다는 소리는 정말 듣고 싶지 않으니까. 자, 본론으로 들어갔으면 좋겠군. 누구냐? 나를 노리고 너희를 보낸 자."

지금 딕스의 마음속은 짜증과 분노와 의문으로 가득했다.

타깃이 되었다는 것은 피곤한 삶이 제 앞에 펼쳐졌음을 의미한다.

세상 그 어느 누가 있어 이러한 삶을 반기겠는가.

"사, 살려줄 거요? 다 말해주면?"

몰랐을 때는 참을 만했다.

하지만 막상 자신의 하체가 얼어가는 모습을 보니 그 공포를 도저히 이겨낼 수가 없었다.

암살자는 모든 걸 체념하고 말았다.

그는 소년이 자비로운 거래를 해주길 간절히 바랐다.

잠시 딕스는 암살자를 보았다.

그의 두 눈에는 일말의 동정도, 타협도 담겨 있지 않았다.

"아니, 살려주지 않겠다. 남의 목숨을 노렸으면 적어도 너 자신도 네 목숨을 걸어야 하지 않나? 그렇지 않다면 그런 직업을 갖지 말았어야지. 내가 너에게 해줄 것은 단 하나! 고통 없는 죽음뿐이다. 다시 묻지. 누구냐?"

이래도 죽고 저래도 죽는다니, 암살자는 악에 바쳤다.

"절대 말하지 않겠다. 죽여, 그래, 죽여라! 하지만 네놈도 절대 편안히 살지는 못할 것이다. 크하하하하!"

암살자는 미친 듯 웃어젖히더니 작은 단검을 빼내어 제 목을 깊이 찔렀다.

자살을 선택한 것이다.

딕스에겐 예상외의 상황이었다.

그는 어떤 일이 있더라도 자살은 하지 않을 것이기에 이런 일이 생기리라곤 생각하지 못했다.

이는 그의 경험이 아직 미숙하다는 것을 의미한다.

털썩.

두 눈을 부라리며 암살자는 그렇게 허망하게 쓰러졌다.

"음… 하아, 이런 방법이 있었군. 좋은 걸 배웠군요. 잘 가세요. 좋은 데로 갈 수 있다면."

쩡쩡쩡쩡.

암살자의 시체는 얼음이 되어 잘게 부서지더니 주변으로 흩어졌다.

꽃을 피울 수 없는 꽃씨처럼.

이곳을 찾을 때 딕스에겐 유쾌함과 설렘이 있었으나 지금은 그 모든 것이 사라지고 없다.

그렇다고 여기 온 목적을 잊지는 않았다.

"나와라! 나의 골렘이여!"

푸우우우우화확!

쿠웅!

다섯 개의 띠를 두른 오메가(Ω)가 힘차게 움직였다.

이어서 안개의 생성과 뭉침이 발생한다.

사람의 형상을 한 안개는 엄청난 속도로 압축됐다.

시야가 시원하게 탁 트이자 눈앞에 단단한 무언가가 나타난 느낌이 들더니 늘씬한 체형의 신비로운 골렘이 딕스 앞에 등장했다.

골렘은 사파이어 보석 같은 눈을 빛내며 딕스를 응시했다.

사라졌던 딕스의 설렘이 골렘의 신비로운 눈동자를 접하자 되살아난다.

떨림과 흥분이 그를 감싼다.

골렘의 피부는 크고 작은 다양한 형태의 조각들이 결합된 구조였다.

그리고 조각과 조각이 접한 부분에 인간의 혈관처럼 무언가가 끊임없이 흐르고 있었다. 그것은 마나였다.

딕스는 녀석이 살아 있다는 느낌을 받았다.

그는 입이 떨어지지 않았다.

설렘과 흥분으로 들뜬 딕스의 눈길은 녀석에게서 잠시도

떨어지지 않았다.

홀린 표정으로 골렘을 향해 부유하듯 다가간 딕스는 떨리는 손길로 녀석을 만졌다.

금속처럼 보였던 녀석의 피부는 의외로 따뜻하고 부드러웠다.

하지만 느껴진다.

그 속에 깃든 약동하는 거대한 힘을!

우우우우우우웅!

지금 당장 녀석을 움직여 보고 싶다.

주인의 이러한 마음을 알았는지 골렘의 전신에서 힘찬 기운이 뿜어져 나온다.

"안 돼, 여기선……."

이곳은 싱그로아 왕국의 수도로 이런 곳에서 타국의 마법사가 골렘을 소환하고 움직였다간 양국은 전면전으로 치달을 것이다.

골렘은 그의 뜻에 반항하지 않았다.

딕스는 녀석의 넓은 어깨를 올려다보았다.

딕스는 골렘의 도움을 받아 그 어깨에 올라앉았다.

거기에 앉으니 제국의 왕좌도 이보다 편하거나 든든하지 않을 것 같았다.

소년은 세상을 모조리 먹어치운 포만감을 이 순간 느꼈다.

재능자들의 꿈, 희망, 목표를 이룬 것이 이제야 실감 나는 딕스.

"앞으로 잘 부탁한다."

사랑에 빠진 소년이 소녀에게 고백하듯 딕스는 나직이 말했다.

골렘 역시 은은한 빛과 진동으로 그의 인사에 화답하는 듯했다.

"이름을 붙여줄게. 방금 생각났는데, 시리우스! 지금부터 네 이름은 시리우스다."

큰개자리에서 으뜸가는 별. 그 별의 이름을 골렘에게 붙여주었다.

시리우스… 녀석을 위해 존재해 온 이름 같다.

그 이름이 나의 골렘에 너무 잘 어울린다.

우우우우우웅.

"마음에 드는구나. 좋아, 정식으로 인사할게. 반갑다, 시리우스."

훗날 노도의 딕스라 불릴 소년과 전투 골렘 시리우스는 그날 그렇게 첫 대면을 가졌다.

이틀 후, 싱그로아 왕실 무도회.

국내외 귀빈들이 모두 모여 술과 음악, 춤과 연애에 빠져있다.

군데군데 정치, 외교, 경제 등을 주제로 담론하는 지긋한 나이의 남자들도 보인다.

연주 중간중간 광대패가 나와 사람들을 웃기고, 싱그로아의 견습 마법사는 신기한 장면을 연출하며 박수갈채를 받았다.

마법사인 딕스의 눈에는 재능자의 기술이 애들 장난이었지만 대부분의 사람들에게 견습 마법사의 시연은 탄성을 자아내게 했다.

여기서 잘 보여야 견습 마법사의 한 해 아르바이트가 보장된다.

딕스는 그들의 속사정을 누구보다 잘 알고 있었다.

그 역시 한때는 그 방면으로 나가길 간절히 소원했었다.

'아주 오래전의 일처럼 느껴지는군.'

매년 뮬 공국에서도 이런 연회가 열렸다.

딕스의 마법부 선배들은 그날을 위해 공연을 기획하고 연습했다.

딕스도 가끔 공연 기획을 구상하곤 했다.

자신이 이처럼 빨리 마법사가 될 줄도 모르고.

'그래그래, 열심히 해야지. 그래야 먹고들 살지. 후훗.'

평범한 자들이 보기에 견습 마법사는 눈부신 직업군에 속한다.

하지만 지금 딕스의 눈에는 먹고살기 위해 애쓰는 일반 직장인처럼 보일 뿐이다.

가진 자만의 여유, 마법사의 품격이 바로 이런 것이다.

"아! 정말 신기하군요, 딕스 경."

나이 지긋한 뮬 공국 대사가 애들처럼 견습 마법사의 공연에 환호하며 휘파람까지 분다.

명색이 일국의 대사라는 사람이 저래도 되나 싶다.

뭐, 이런 사람들 덕분에 재능자들이 부수입을 올릴 수 있으니까 같은 업계에 종사하는 입장에서 굳이 타박할 이유는 없다.

"그렇군요… 응? 저기, 대사님."

"아! 예."

"저기 저 사람 말입니다. 제국의 대사라고 좀 전에 제게 말하지 않았습니까?"

딕스의 눈길이 머문 곳으로 뮬의 대사도 고개를 돌린다.

대사의 얼굴이 순간 눈에 띄게 굳어진다.

제국의 대사가 이들 쪽으로 씩씩거리며 와서 몹시 거들먹거렸다.

이제까지 뮬의 외교관은 공식, 비공식 자리에서 제국의 관리에게 언제나 굽실거렸다.

하지만 그때와 지금은 상황이 달라졌다.

엘리자베스 공주의 노력으로 뮬 공국의 위상이 크게 높아졌기 때문이다.

잠시나마 위축되었던 뮬의 대사가 곧 어깨를 쫙 펴며 턱을 치켜들었다.

이를 보고 딕스는 살짝 웃음을 지었다.

"칸트 대사, 대사께선 어찌해 싱그로아와 본국의 교섭에 협조하겠다는 약속을 어긴 것이오!"

제국의 대사가 뮬의 대사를 아랫사람 나무라듯이 대했다.

이는 공식적인 자리에서 할 짓이 아니다.

그럼에도 제국의 대사는 뮬의 대사를 쥐 잡듯 했다.

예전이었다면 굽실거리며 상대의 화를 풀어주었을 뮬의 대사가 오히려 정색을 하며 맞받아쳤다. 오래전부터 이렇게 해보고 싶었다는 표정으로.

"코드 대사께 제가 언제 그런 약속을 했습니까? 그리고 제국과 싱그로아의 통관세 교섭에 왜 저더러 힘을 보태라 하십니까? 저희 뮬은 이미 싱그로아와 통관세 교섭을 끝냈습니다. 그것도 대단히 만족스럽게요. 그런데 제국의 대사께서 뮬 같은 조그만 나라, 그것도 저처럼 늙고 보잘것없는 사람도 해낸 일을 아직까지 못 해 미적거리시다니… 하아, 그동안 많이 노셨나 봅니다. 허허."

좀 더 심한 말을 해주고 싶은 듯 칸트 대사의 입술이 달싹거린다.

하지만 여기서 더 말을 잇지는 않는다.

코드 대사의 얼굴이 벌게지고 숨결이 몹시 거칠어졌다.

그는 칸트 대사를 찢어죽일 듯 쳐다보았다.

"칸트 대사."
"왜 그러시오? 코드 대사."
두 대사의 눈빛이 허공에서 불꽃을 일으킨다.
딕스는 고개를 절레절레 내저으며 자리를 비키려 했다.
이런 싸움에 끼어 봐야 전혀 이득이 없음을 알기에.
그때 제국 대사의 수행원과 딕스의 눈길이 딱 마주쳤다.
그는 내내 딕스만 바라보고 있었다.
딕스는 이자의 눈빛이 마음에 들지 않았다.
"내게 할 말 있소?"
딕스는 점잖게 제국 대사의 수행원에게 물었다.
이놈이 암살자들을 사주한 배후가 아닐까라는 의심을 깔고서.
"뮬의 재능자께서 어찌 타국의 무도회에 왔소?"
"흠… 취조당하는 기분이군요."
굽실거릴 이유도, 변명할 이유도 없다.
왜냐! 그는 5서클 마법사니까.
자신의 조국도 제국을 향해 칼을 빼들었다.
제국이 무섭지 않느냐고 묻는다면 딱 이 한마디로 압축해서 해줄 수 있다.
똥이나 닦아!
딕스는 상대의 비위를 긁는 매우 거슬리는 표정과 웃음을 지었다.

이에 제국 대사의 수행원이 얼굴을 확 붉혔으나 주변에 시선이 많아 차마 성질을 내지는 못했다.

앓는 소리와 함께 수행원이 입을 열었다.

"그리 들렸다면… 실례했소."

"그리 들렸으니 엄청난 실례를 한 것 맞소."

굳이 적을 만들 필요는 없다는 게 딕스의 신조다.

하지만 일단 적으로 판명되면 철저히 부숴 버리는 것도 그의 신조다.

자신을 노린 암살자!

딕스는 그 배후로 제국을 깊이 의심하고 있었다.

그래서 찔러대는 말투를 내내 고수한 것이다.

그러나 이도 곧 시들해졌다.

놈들이 누굴 보내더라도 거기에 순순히 당할 자신이 아니기에, 그리고 이제 만나야 할 사람도 있기에.

그는 이 나라의 국왕, 안소니 폰 싱그로아!

딕스는 왜 자신이 그를 만나야 하는지 알지 못했다.

다만 공주가 자신에게 싱그로아의 수도로 가라고 한 이유가 이것 때문이지 않을까 미루어 짐작할 뿐이다.

왕을 만난다는 것만으로도 지금 딕스는 딴 생각할 겨를이 없었다.

"어린 친구가 재밌군."

수행원의 말투에는 어린놈이 위아래 분간 못 하고 몹시 까

분다는 느낌이 깊이 배어 있다.

이를 알고도 딕스는 화를 내거나 반발하지 않았다.

그냥 담담하게 대꾸했다.

"그리 보아주니 고맙소. 내게 더 할 말 있소? 난 더 할 말이 없는데."

수행원은 호락호락하지 않은 딕스의 태도에 인상을 구겼다.

젊은 혈기, 그리고 주위에서 우러러봐 주는 재능자라는 자부심에 한 번쯤은 과도한 행동이나 말을 할 것이라고 내심 기대했다.

하지만 딕스는 상대의 비위를 긁는 수준에서 멈췄다.

그러기가 쉽지 않다는 것을 알기에 제국 대사의 수행원은 딕스가 예사 놈이 아니라고 생각했다.

"기억하지, 널."

"알아서 하시오. 나를 찾는 사람이 있어서 나는 이만 실례."

왕과의 면담이 있을 테니 기다리고 있으라 했던 시종장이 돌아왔다.

딕스는 제국 대사의 수행원을 스쳐 가며 의도적으로 그를 툭 쳤다.

이에 기분이 상한 수행원이 그를 잡아먹을 듯 노려보았다.

그러다 곧 자신을 바라보는 여러 눈길에 어색한 헛기침을 흘리곤 자리를 도망치듯 빠져나갔다.

이를 눈여겨보던 딕스는 속으로 중얼거렸다.

'짜증 나는 놈이야, 대단히.'

제국에 대한 반감은 물 공국인이라면 누구나 가지고 있다.

딕스 역시 물 공국인이다.

딕스와 칸트 대사는 각자의 적을 제대로 물 먹이고 서로를 향해 흐뭇하게 웃었다.

그때 시종장이 딕스에게 말했다.

"딕스 경, 절 따라오십시오."

딕스는 칸트 대사와 눈인사를 한 뒤 시종장을 따라나섰다.

딕스와 마찰을 빚었던 수행원의 눈길이 은밀히 그를 따른다.

좀 전과 달리 차분하고 날카로운 눈빛이다.

거기에는 딕스를 향한 의문이 도사리고 있었다.

'대체 저놈은 어디서 튀어나온 놈이지?'

어린놈이 아주 만만찮다.

혹시 저 어린놈의 손에 수하들이 죽은 게 아닐까?

처음에 그는 딕스의 배후에 실력자가 있지 않을까 싶어 딕스에게 접근했다.

한데 지금은 그 생각이 크게 바뀌었다.

더 자세히 저 물의 재능자에 대해 파악할 필요가 있다고 느꼈다.

참으로 감이 좋은 남자다.

향기에는 두 종류가 있다.
후각으로 맡을 수 있는 향기와 느낌으로 맡을 수 있는 향기로 후자의 향기는 인품이다.
안소니 폰 싱그로아 국왕.
젊은 국왕을 본 딕스는 남자의 품격, 왕의 위엄, 품성의 향기를 그에게서 맡을 수 있었다.
'완성된 남자란 게… 바로 저런 모습이 아닐까?'
안소니 국왕에 대한 딕스의 느낌은 완벽한 남자의 표상처럼 보였다.
"술 한 잔 할 텐가?"
대뜸 술부터 권하는 안소니 국왕이다.
이에 딕스는 적잖이 당황했다.
한편으론 자신을 어른 대접해 주는 안소니 국왕에게 급호감이 생겼다.
처음에 그에 대해 가졌던 딱딱한 감정이 조금씩 풀렸다.
그래도 밝힐 건 밝혀야 하는 법.
"전하, 전 미성년자이옵니다. 하하."
"그게 무슨 상관인가?"
진심 어린 왕의 반문에 딕스는 매우 황당했다.
보통 미성년자라고 하면 이런 권유를 곧 거둬들인다.

그런데 안소니 국왕은 그게 무슨 상관이냐는 식이다.

딕스는 안소니 국왕의 성품이 굉장히 특이하다고 느꼈다.

"그게… 상관없는 일이옵니까?"

"난 열 살 때 이미 와인부터 위스키까지 다 마스터했다네. 하하하하."

왕의 웃음은 같은 남자가 듣기에도 호방하고 멋있었다.

저런 게 진정한 사나이의 웃음이 아닐까라는 생각이 들 정도다.

딕스는 안소니 국왕의 웃음을 기억해 뒀다.

자신도 따라 해보기 위해.

"굉장히 빠르셨네요."

"남자란 그래야 해. 뭐든 빨리 해봐야 돼. 그리고 자네……."

"예?"

"동정이지?"

"……?!"

얼굴이 벌겋게 달아오른 채 침묵하는 딕스를 보고 안소니 국왕이 대소했다.

"맞구만. 하하하하하."

자신의 동정이 남을 웃길 개그 소재란 말인가? 딕스의 표정에 황당함이 눌어붙는다.

그렇다고 왕의 놀림(?)이 그리 기분 나쁜 것도 아니다.

보통 이런 경우 화가 날 법도 한데 말이다.

'이것도 능력인가?'

딕스로서는 이렇게밖에 생각할 수 없었다.

어색하고 어려운 자리가 되리라 예상했던 것과 달리 안소니 국왕의 이와 같은 태도에 딕스는 긴장감이 많이 풀렸다.

"그게… 재밌는 일이옵니까?"

"아니, 슬픈 일이지."

자신을 상대로 한참을 웃어놓고 슬프다니.

그럼 자신이 웃기고도 슬픈 인생이란 말인가? 물론 고생은 엄청 했지만 말이다.

이 나이에 자신처럼 고생한 사람도 드물 것이다.

최근까지 소드마스터에게 장장 19개월을 쫓겨 다니지 않았는가.

말이 19개월이지 지난날을 잠시 회상한 딕스의 표정이 그리 밝지만은 않다.

그러나 지금은 안소니 국왕의 말에 맞장구를 쳐 줘야 할 처지다.

여기서 또 최선을 다해보려는 딕스다.

"어찌해 그렇습니까?"

딕스의 손에는 어느새 술잔이 들려 있다.

왕이 준 것이다.

대화를 하다 보니 자연스럽게 든 술잔, 여기에 채워진 것은 당연히 술이다.

갈증을 느낀 딕스는 한 모금쯤이야 어떻겠나 하는 가벼운 마음으로 술잔에 입을 댔다.

태어나 처음으로 마셔보는 술이다.

'어라? 무슨 술이 이리 맛있지?'

왕의 대답을 기다리는 그 짧은 시간에 맛본 술맛에 딕스는 반하고 말았다.

꿀꺽꿀꺽.

"뭐야! 날 놀린 건가? 술 잘 마시잖아. 이런, 내가 자네의 내숭에 당한 건가? 하하하하."

"아, 아닙니다. 어찌… 술은 진정 처음입니다. 한데 맛이 참 달달하군요."

"달달하다라. 이거 뮬에 엄청난 술꾼이 있었군. 좋아, 좋아. 그래, 오늘 한번 신나게 달려보세. 하하하하하."

대체 어디로 달린단 말인가.

마음이 많이 놓이긴 했지만 그래도 상대는 일국의 왕이다.

그러니 어찌 마음이 온전히 편할 수 있겠는가.

상대는 격의 없이 대하려는 것 같지만 그래도 처신에 흐트러짐을 보여서는 안 된다.

"전하, 제가 술이 처음인지라 이를 마시면 어떤 실수를 할지 모릅니다. 그리고 제가 아직 어리다 보니 술은 너무 이른 것……."

"안 어리다니까. 남자 나이 열여섯이면 다 큰 거야. 아무렴. 안 그런가?"

"뭐, 저도… 그 말씀에 동감하지만 법이란 게."

"법은 무슨, 인간이 편히 살자고 만든 게 법일세. 그런데 그 편히 살자고 만든 규칙에 얽매여서 아등바등한다면 인생 무슨 재미가 있겠나. 안 그런가?"

딕스는 안소니 국왕의 말이 억지 궤변 같기도 했지만 한편으로 몹시 솔깃하기도 했다.

하긴, 인간이 만든 것에 인간이 지배당할 수야 없지 않은가.

'한번 달려봐!'

딕스의 마음은 이미 안소니 국왕의 언변에 거의 다 넘어가 있었다.

"참, 전하."

"말하게."

"좀 전에 말입니다. 제가… 음, 동정인 건 어찌 아셨습니까?"

"나도 자네와 같은 종족이라네."

"예? 그게 무슨……."

"마법사일세. 나도 말이야. 하하하하."

쿠웅!

부모 잘 만나 왕까지 하면서 그것도 모자라 마법사라니! 이 얼마나 불공평한 현실인가.

얼굴이라도 못났다면 부러움이 덜할 텐데, 생긴 것도 참 잘 생겼고 허우대도 너무 멀쩡하다.

모든 것을 다 갖춘 왕 앞에서 순간 딕스의 자신감은 한없이 추락했다.

'그래도 난 열여섯 살에 5서클 마법사라는 위엄을 달성했잖아! 절대 기죽지 마라, 딕스.'

끝없이 추락하는 자신감을 겨우 끌어올린 딕스.

"놀랍군요. 전하께서 마법사라니. 이는 싱그로아의 복이지 싶습니다."

"복? 그게 어째서 복인가? 나의 신하들과 백성들에게 제일 큰 걱정이 바로 나의 동정인데. 험, 이거 말하고 보니 참 쑥스럽군. 하하하."

아! 마법사가 그 마법사가 아니었다.

설마하니 일국의 왕이나 되는 분이 이런 농담을 할 줄이야.

딕스는 제대로 뒤통수를 맞은 기분이었다.

"자자, 마시게. 마셔!"

왕의 권유도 있고 황당함도 달랠 겸, 그리고 갈증도 났던 터라 딕스는 술잔을 단숨에 비웠다.

'뭐, 괜찮네.'

첫 잔에 어찌 취기를 느낄까.

그리고 장장 19개월을 다진 체력이 어찌 한 방에 무너질까.

술도 체력이 있어야 마시는 법이다.

대단한 체력을 가진 딕스는 그렇게 왕과 대작하기 시작했다.

"술 잘하는군."

"감사하옵니다."

"감사하긴, 나도 감사하고 싶은 일이 있는데. 아아, 더 마시게, 더더더."

"예, 예, 주시니 감사히."

꿀꺽꿀꺽.

딕스는 쉬지 않고 술을 마신다.

안소니 국왕도 마찬가지다.

드디어 딕스의 혀가 꼬이고 몸이 풀어지기 시작한다.

그러나 그와 대작한 안소니 국왕은 여전히 건재하다.

"전하는 괜, 괜찮사옵니까? 세상이… 왜 이렇게 흐리고 어지러운지……."

"그게 취한 거라네. 참, 딕스 경."

"말씀, 말씀하십시오. 히끅."

"아닐세, 어디 오늘만 날인가. 자자, 더 마시게."

"예예, 전 끄떡없습니다. 그런데 천장이 참 자유분방하네요."

"하하하하하."

딕스의 취중 행사가 왕을 크게 웃긴다.

"내 오늘 큰맘 먹고 인심 한번 후하게 쓰지."

"예?"

"내 자네와 자네의 동정을 작별시켜 주겠다는 말일세. 기대하게, 기대해. 하하하하하."

술에 잔뜩 취한 딕스는 왕의 말을 이해하지 못했다.

지금은 술이 그를 마시는 상태였다.

"으하하하하하! 예, 저도 좋습니다, 전하."

부어라, 마셔라!

그렇게 한참의 시간이 흘렀다.

그리고 얼마 후 두 사람은 형님, 아우님 하다 각자의 방으로 들어갔다.

그런데 딕스가 들어간 방에는 형님(?)의 놀라운 배려가 다소곳이 기다리고 있었다.

제6장

전장으로 달려가다!

술술 넘어가서 술이다.

그렇게 술술 넘어간 놈이 절제의 미덕을 잃어버린 사람을 한순간에 잡아먹는다.

딕스는 왕 형님의 황홀한 배려를 보게 되었다.

취중 혼몽 중에도 눈앞의 미녀를 보자 잠깐이나마 정신이 번쩍 들었다.

안소니 국왕이 자신에게 했던, 동정과 작별시켜 주겠다는 말도 생각났다.

두근두근.

'이건… 형님의 뜻이다. 역시 왕이라 통이 남다르시구나!

어떻게… 와아, 천국이 통째로 저 여자 몸으로 이사했구나!'

예쁘다는 말이 그녀에겐 참으로 실례되는 섭섭한 표현이다.

속살이 훤히 비치는 얇고 반투명한 옷 속에서 백옥 빛깔 몸매가 수줍게 비틀려 있다.

정면으로 보는 것보다 저 자태… 10분의 4.5쯤 돌아앉은 모습, 그리고 아래로 향한 고개를 옆으로 조금 돌려 바라보는 촉촉하고 요염한 눈빛에 환장하지 않을 수컷이 어디 있겠는가.

한겨울 비수기를 제외하고 내내 분수대에 서서 오줌을 싸는 진득한 조각 소년.

그 녀석이 저 여인을 본다면 이 겨울에 다시 싸리라!

울렁.

딕스의 내부에서 뭔가 크게 출렁거렸다.

하지만 거기에 신경 쓸 겨를이 없었다.

일단 저 미녀와 말을 터야 했다.

'먹고 죽자!'

딕스의 심장과 머리에는 오직 눈앞의 미녀만이 꽉 들어차 있었다. '당신은 여신인가요?' 라는 민망한 멘트가 그냥 나올 것만 같다.

하지만 그랬다간 상황이 묘해질 것이다.

남자답게, 폼 나게 접근해야 한다.

헛기침을 한 딕스는 그녀에게서 시선을 뗐다.

그 짧은 순간 그는 자신의 입 냄새와 몸 냄새를 확인했다.

문제가 없다.

그런데도 더 완벽해지기 위해서 그는 쏜살같이 화장실로 뛰어들었다.

쾅.

한데 이 문소리에 저 천국—미녀—이 오해하고 그냥 가버리면 어쩌나 싶어 마음이 급해진다.

"저… 저기요, 저… 가시면 안 돼요. 거기 계시죠? 천… 미… 아, 음… 여성님."

이건 술 탓이리라.

그렇지 않고서야 말 잘하는 자신이 이럴 리 없다.

딕스는 이 순간 버벅거리는 자신이 몹시 부끄러웠다.

"도와드릴까요, 나리?"

"뭐, 뭐… 뭐, 뭘요?"

뭘요! 이게 안 되다니! 세 살 먹은 애도 하는 '뭘요'가 그리 힘든 말인가.

"술 많이 드셨나 봐요, 나리."

나리. 이 말이 이리 달콤하고 자극적이며 환장할 단어인지 이제야 알았다.

딕스는 오늘이 처음이다.

그래서 떨리고 설렌다.

남자도… 처음에는 부끄러운 법이다.

더욱이 저 여자가 그냥 여잔가! 아름답다는 표현이 유치해 보일 정도의 대단한 미녀인 데다 자신과 하룻밤 성곽을 쌓을 여자다.

딕스의 머릿속으로 온갖 그림이 좌르륵 펼쳐진다.

"쬐… 쬐금요. 그, 금방 나갈게요, 여성님."

그녀의 신분이 뭐든 중요치 않다.

지금 그녀는 딕스에게 있어 땅과 하늘과 우주에서 가장 아름다운 여신이다.

여신님과의 합궁!

쿵쿵쿵쿵쿵!

울렁.

또 그의 속이 출렁인다.

하지만 딕스는 이를 무시해 버렸다.

그는 자신의 아랫도리를 보았다.

곧 호강하게 해주리라.

물의 마법사의 장점은 최단 시간에 몸을 씻을 수 있다는 것이다.

딕스는 오늘 그 최단 시간 기록을 경신했다.

마음을 추스른다.

겨울은 밤이 길다.

울렁.

'이제 진정될 법도 한데 왜 자꾸 속이 울렁거리지?'

딕스는 기분이 점점 이상해짐을 느꼈다.

아니, 불길하다는 표현이 적당할 것이다.

불길함!

좋은 일에는 방해가 따른다는 말이 갑자기 떠오른다.

자신의 지난 인생을 되돌아보니 이는 당연한 현상이다.

작은 창문 밖 밤하늘을 딕스는 뚫어버릴 듯 노려보았다.

'아르온 님, 오늘만 봐주세요. 오늘만 봐주시면 내일 따따블로 불행이 오더라도 절대 원망 안 할게요.'

딕스는 저 하늘의 지배자, 아니, 세상의 지배자인 유일신 아르온 님과 협상을 해본다.

이렇게까지 했는데도 오늘 일이 성사 안 되면 삐뚤어질 테다!

그가 문고리를 잡고 돌린다.

천국으로 가는 문고리다.

사랑스러운 문고리.

"거기 계시죠, 여성님?"

"저… 헬레나예요. 헬레나라고 불러주세요, 나리."

이름이 여성님이면 어떻고 헬레나면 어떤가.

지금부터 서로 힘을 합쳐서 침대에서 천국을 건설할 터인데.

딕스가 헬레나의 손을 잡는다.

사람의 손을 잡았는지, 여신의 손을 잡았는지 모르겠다! 충격적인 촉감에 딕스는 황홀경에 빠졌다.

울렁.

불길한 느낌이 그의 내부에서 출렁거린다.

이번에는 그 느낌이 이제까지와는 비교할 수 없을 만큼 거세다.

생각해 보니 좀 전부터 바닥이 파도치고 천장이 빙글빙글 돌아가며 춤을 추고 있었다.

속에서 무언가가 자꾸 치밀어 오르려 한다.

하지만 여기서 물러설 수 없다.

그랬다가는 이 상황이 꿈처럼 사라지거나 모래성처럼 와르르 무너질 것이다.

죽더라도 저 침대 위에서 장렬하게 최후를 맞으리라.

'아르온 님, 한 시간만… 한 시간만 봐주세요. 아니, 삼십 분… 그것도 안 되면… 십, 우욱!'

하늘이 와르르 무너진다.

역시 신은 짓궂다.

딕스는 맹세했다.

두 번 다시 아르온을 찾으면 자신은 개새—개+새—라고.

그는 어쩔 수 없이 미녀의 손을 뿌리쳤다.

나쁜 남자!

그의 갑작스러운 반응에 미녀는 크게 당황한다.

딕스의 입에서 연방 괴상한 외계어가 터져 나온다.

그리고 토사물이 입안을 가득 채우더니 폭포수처럼 쏟아진다.

딕스는 슬픈 현실을 견인한 신을 향해 자신이 아는 모든 저주와 욕설을 쏟아냈다.

지금 기분으론 죽을 때까지 그럴 수 있을 것 같다.

그리고 이 모든 외계어와 욕설의 대미!

"제에에에엔장!"

…를 찍은 뒤, 3일 내내 그는 홀로 천국을 세웠다.

"우웨웨웨웨에에에에엑엑! 두 번 다시 술을 마시면… 내가 개빙닭이다!"

그렇게 군은 맹세를 한다.

과연 이 말이 지켜질 수 있을지는 미지수다. 인생은 결코 단정할 수 없는 것이기에.

"그는 갔소?"

"예, 전하."

"흠, 녀석이 그리 술이 약할 줄은 몰랐군. 넙죽넙죽 잘 받아 마시기에 타고난 술꾼인 줄 알았는데. 하하."

사양도 미덕임을 딕스는 알지 못했다.

주면 일단 챙기고 보는 습관이 술 먹을 때도 발휘되고 말았다.

그에게 닥친 불행은 천재(天災)가 아니라 인재가 아닐까.

"딕스 경이 약한 게 아니라 전하께서 지나치셨던 겁니다. 더욱이 성년도 안 된 사람에게… 술과 여자라니. 휴우."

딕스를 주제로 차를 마시며 오붓하게 담소하는 두 사람은 싱그로아의 국왕 안소니와 그의 충신 홉킨스 후작이다.

"술은 섞어 마셔야 하는데. 다들 그 참맛을 몰라. 뭐, 그건 됐고. 놀랍지 않소, 후작. 그 나이에 벌써 마법사란 사실이 말이오."

"놀라운 일이지요. 제국의 천재라는 클라우드조차 딕스 경과 비교할 수 없을 겁니다. 주머니 속 송곳이란 말이 있지요. 조만간 대륙은 딕스 경으로 인해 일대 파란이 일어날 것입니다."

홉킨스 후작은 진지한 얼굴로 한 점의 가감 없이 단정했다.

그러나 이들 두 사람은 딕스가 마법사인 것만 알 뿐 그의 현재 경지에 대해선 아직 모른다.

하긴 누가 16살짜리 소년이 5서클 마법사라고 꿈엔들 생각하겠는가.

이는 제 눈으로 직접 봐도 믿기 힘든 일일 것이다.

"그렇겠지. 흠, 그나저나 주고 욕먹기는 난생처음이야."

왕의 하사품을 받고 왕을 욕한다? 이 무슨 황당하고 놀라운 일인가? 하지만 안소니 왕, 당사자가 하는 말이니 헛소리는 아닐 것이다.

3일 동안 화장실 변기를 껴안고 있던 딕스!

더 이상 토해낼 것이 없자 그는 초췌한 얼굴로 휘청거리며 화장실을 나왔다.

헛소리처럼 여신을 찾으면서.

대체 어디서 여신을 봤기에 그리 애타게 찾는지 안타깝고 가슴이 절로 찡해지는 모습이다.

여하튼 여신을 찾지 못한 소년은 몹시 낙담하더니 그 자리에서 기절해 버렸다.

그렇게 이틀을 내리 자고 일어난 소년은 왕을 바라보며 굉장히 복잡한 표정을 지었다.

안소니 국왕은 그 표정에서 섬뜩함, 아니, 생명의 위협까지 느꼈다.

어쨌든 못하는 술을 물러서지 않고 끝까지 받아먹은 사내다운 의동생을 위해 국왕은 뮬로 돌아갈 수 있는 최고의 교통편과 경호원을 제공하고 묵직한 용돈도 쥐어주었다.

그런데도 화난 얼굴이 풀리지 않는 의동생.

'재밌었는데… 다음에 또 먹여봐야지. 하하하.'

짓궂은 왕은 딕스와의 조속한 해후(?)를 고대한다.

"전하는… 술 문제에선 욕을 드셔도 됩니다. 그건 저도 모른 척할 것입니다."

"후작이 어찌… 하하. 뭐, 나도 그 점은 인정하오. 참, 제국인들에게 경고는 해주었소?"

웃음기를 지운 국왕의 진지한 물음에 후작 역시 그에 걸맞은 표정으로 대답한다.

"앞으로 싱그로아 내에서 딕스 경을 위협하는 짓은 없을 것입니다."

"수고했소. 동생이 형 집에 왔는데 생명의 위협을 받으면 안 되지. 참, 듣기로 뮬의 친제국파 잔당이 난을 일으켰다고 하던데 자세히 알아봐 주시오. 뮬은 더 이상 남이 아니오."

의미심장한 안소니 국왕의 말에 홉킨스 후작이 활짝 웃었다.

드디어 국왕이 결혼을 결심했다.

이를 굳이 듣지 않아도 후작은 알 수 있었다.

그래서 그는 기꺼운 마음으로 복명한다.

"명을 받들겠습니다, 전하."

딕스는 왕을 때려줄 뻔했다.

천국과 지옥을 동시에 보여준 왕.

자신의 고초가 우스운지 배꼽 빠지게 웃던 얄미운 왕.

'의형만 아니면 확 들이박는 건데.'

참았다.

참을 수밖에 없었다.

안소니 국왕의 권력이 두려워서가 아니다.

그의 군대와 기사, 마법사가 꺼려져서가 아니다.

이유는 하나다.

오늘만 날이 아니기 때문이다.

사람은 내일도 살아야 하고, 기회는 또 오게 마련이다.

딕스는 지금 열심히 머리를 굴리고 있다.

싱그로아 왕국을 방문할 건수를 어떻게 만들 것인지에 골몰한다.

'젠장, 헬레나 님의 주소라도 따놓을걸.'

펜팔로 교감을 쌓아두면 다음에 볼 때 더 친근하게 다가갈 수 있을 텐데. 딕스는 아쉬움에 입맛을 쩍쩍 다셨다.

왕궁의 시녀 헬레나.

그녀는 딕스의 마음에 여신으로 등록됐다.

그래서 그는 생각에서조차 그녀에게 존칭을 붙인다.

그녀와 천국을 세웠다면 이리 분하고 슬프지는 않았을 것이다.

세상은 왜 술을 낳고 그녀를 낳았을까! 엉뚱한 곳에 자꾸만 화풀이를 하는 딕스다.

'내 다음에 싱그로아에 가면 왕궁의 술독의 술이란 술은 모조리 증발시켜 버리고 말겠어!'

딕스는 의지를 활활 불태우며 후일을 기약했다.

"딕스 경, 경?"

화들짝!

속으로 저들의 왕을 욕하고 있었기에 절로 켕기는 딕스, 어색하게 웃으며 그는 몸을 돌려세웠다.

"아! 예, 칼슨 백작님."

칼슨 르 테르온 백작. 안소니 국왕이 딕스의 안전을 위해 붙여준 왕실 근위 기사단의 부단장이다.

이런 사람을 경호대장으로 내준 안소니 왕의 결정은 딕스에 대한 깊은 애정과 관심이 없이는 어렵다.

그래서 칼슨 백작을 비롯해 딕스를 경호하는 기사들은 나이와 신분이 딕스보다 위라도 예의에 어긋난 말과 행동을 하지 않았다.

자신들이 섬기는 왕이자 주군이 의동생으로 선택한 뮬의 재능자 딕스.

술 한 번 거하게 마신 후 그의 인맥은 거대해졌다.

일국의 왕을 의형으로 삼다니!

게다가 소드마스터 전격의 파울과는 사제지연을 맺었고, 아직은 여물지 않았지만 훗날 대단한 마법사가 될 아리온스 왕국 브레이크 후작 가문의 아서와도 이미 풋풋한 우정을 나누었다.

물론 딕스는 자신보다 네 살이나 어린 아서를 탐탁지 않게 여기지만.

아, 뮬 공국의 엘리자베스 공주도 빼놓을 수 없는 딕스의 대표적인 인맥이다.

대륙 북부를 들었다 놨다 할 수 있는 미친 인맥의 소유자의 나이는 불과 16세.

하지만 이런 그의 막강 인맥들도 딕스와의 친분을 자랑스럽게 여겨야 할 것이다.

"삼십 분 후면 붉은 호수가 나옵니다. 그 호수로 진입하는 길목에 거친 여울목이 있습니다. 배의 진동이 심할 테니 선실로 내려가시는 게 안전할 듯합니다."

육로와 수로 중에서 딕스 일행은 뮬 공국으로 향하는 최단 코스인 수로를 선택했다.

붉은 호수는 싱그로아 중부에서 남부와 동부를 잇는 뱃길의 중간 기착지 같은 곳이다.

이 호수에서 물길을 갈아타면 곧장 뮬 공국의 국경까지 갈 수 있다.

'난 물의 마법사인데. 하아.'

하지만 상대의 친절을 거절하는 것도 예의가 아니다.

"그리하겠습니다. 그럼 지난 후에 불러주세요. 선실은 답답해서요."

뱃길을 이용한 이동 내내 딕스는 참으로 멋진 경치를 수없이 보았다.

겨울이라 꽤 춥지만 그건 다른 사람들에게나 해당되는 문제다.

딕스에게 추위란 손쉽게 막을 수 있는 사소한 일에 불과했다.

그러니 편안한 몸과 마음으로 경치를 즐거이 감상할 수 있었다.

그런 그가 사방이 꽉 막힌 선실이 어찌 갑갑하지 않겠는가.

그럼에도 이처럼 순순히 말을 따르는 것은 상대의 입장을 고려했기 때문이다.

칼슨 백작은 딕스가 참 경호하기 쉬운 대상이라고 생각했다.

보통 저 나이 대의 소년은 호기와 객기를 구분하지 못해 사고를 치곤 한다.

좋은 말을 해줘도 꼬아서 듣는 경우도 많았다.

하지만 딕스는 그렇지 않았다.

또한 국왕의 의동생이라는 놀라운 배경을 가졌지만 이를 내세워 자신은 물론 기사와 일꾼들을 깔보지도 않았다.

이 때문에 딕스에 대한 사람들의 평가는 우호적이었다.

“여울목이다! 모두 자리를 지켜라!”

선원들이 소리쳤다.

딕스는 칼슨 백작에게 가볍게 목례를 한 뒤 선실로 내려갔다.

과연 배가 크게 요동친다.

이 흔들림에 딕스는 무언가를 떠올린다.

변기와 세운 천국!

‘젠장맞을.’

그날 밤은 평생 기억에서 지우지 못하리라.

관 속에 들어가 백골이 진토가 되어도.

뮬 공국은 왕국으로 도약하기 위한 튼튼한 발판을 놓았다.
하지만 그것은 아직 완성되지 않은 불안정한 발판이었다.
보다 더 강력한 발판을 위해 공국은 더욱더 노력할 필요가 있었다.
다행히 현재 일은 순풍에 돛을 단 듯 잘 진행되고 있다.
그런데 그때 일이 터지고 말았다.
친제국파의 잔당이 카페니스 제국의 적극적인 지원에 힘입어 흩어진 세력을 규합해 병란을 일으킨 것이다.
병란 세력의 수뇌부에는 공국이 보유한 세 마법사 중 한 명인 키드 드 말로이드 자작도 끼어 있었다. 마법사 키드로 인해 진압군은 골머리를 앓았다.
세 마법사 중 하나가 빠지고 이제 둘만 남은 공국.
키드를 상대하기 위해 마법사를 급파해야 하지만 제국의 압박이 심해 왕궁에 배치된 두 마법사를 외부로 돌릴 여력이 없었다.
사정이 그렇다 보니 병란 세력의 마법사 키드는 전장을 주름잡으며 무시무시한 악명을 떨치고 있었다.
공주는 이 전장에 직접 참전 중이다.
물론 군 사령관이나 전투 요원으로서가 아니라 군사들의 사기 진작을 위한 상징으로써.

"사령관 각하, 급보입니다. 키드 자작이 아군의 라곤 보급 기지를 급습해 보급품 전량을 불태운 뒤 오백의 사상자를 내고 사라졌다 합니다."

반란군을 처단하기 위해 전략 회의를 하던 막사 안은 통신 장교의 보고로 충격에 휩싸였다.

불의 베타(β) 마법사 키드, 그로 인해 진압군은 다 이긴 전투에서 번번이 패배의 쓰디쓴 고배를 마셨다.

진압군 측에서 키드를 암살하기 위해 여러 차례 정예 기사를 보냈지만 그것도 매번 실패했다.

놈의 주변을 지키는 기사들의 실력이 예사롭지 않았기 때문이다.

뮬의 군부에선 그 기사들이 제국에서 파견한 자들이라 추측하고 있었다.

하도 답답해 기사가 아닌 민간 암살 조직에 의뢰해 암살자를 보내기도 했다.

하지만 그것도 번번이 실패하고 말았다.

진압군의 골칫거리인 마법사 키드는 철옹성의 중심부, 접근할 수 없는 성역에 있는 듯했다.

정상적인(?) 암살이 어렵다고 본 진압군 사령부는 키드를 전장으로 끌어낸 뒤 제거할 방법을 강구 중이었다.

이런 회의 중에 아군의 중요한 보급 기지가 놈의 손에 잿더미가 되었다는 소식을 들었으니… 통탄을 금치 못할 노릇이다.

지금은 겨울.

전쟁하기 힘든 이 계절에 혹한기 보급품의 전소는 병사들에게나 장교들에게나 몸서리쳐질 상황이다.

회의 참관인석에 앉아 있던 엘리자베스 공주 역시 이 참담한 소식에 안색이 크게 경직되었다.

마법사 키드를 제거하기 위한 회의는 혹한기 보급품 확보를 위한 회의로 바뀌지 않을 수 없었다.

진압군에게 암적인 존재! 목에 박힌 가시!

당장에라도 놈을 제거하고 싶지만 전장 곳곳을 누비고 다니는 그를 상대할 방법이 없었다.

공주와 진압군이 큰 고충에 빠져 있던 그 시각, 딕스는 싱그로아 왕국 내 붉은 호수에서 민물 가재와 이 지방의 특산품인 유산균 발효 요구르트를 먹고 있었다.

냠냠.

"이거 되게 맛있네."

여섯 가지 양념이 깊이 스며든 가재의 맛에 흠뻑 빠지고, 입안을 향기롭게 해주는 요구르트의 부드러움에 또 한 번 푹 빠진다.

영양과 맛을 모두 갖춘 음식에 딕스는 마냥 행복하기만 하다.

더욱이 식당에서 가장 전망이 좋은 큰 창가 자리에 앉았다.
입도 즐겁고 눈도 즐겁다.
호사도 이런 호사가 또 있을까 싶다.
'왕도 안 부럽구나!'
이런 여행 같으면 평생을 해도 질리지 않을 것이다.
"딕스 경, 더 드시겠습니까?"
"아, 괜찮습니다."
어른 팔뚝만 한 가재 세 마리와 샐러드 세 접시, 그것도 부족해 요구르트를 무려 2리터나 먹었다. 군살 하나 없이 날렵한 딕스의 몸 어디로 그 음식들이 다 들어갔는지 미스터리다.
"딕스 경의 위장은… 대장부 같습니다. 하하."
"하하. 모름지기 남자는 위가 커야 한다고 어머니께서 늘 그러셨습니다."
그는 형들과 음식을 두고 경쟁하며 살았다.
큰형은 배려의 미덕이 있었지만 작은형은 그렇지 않았다.
뺏어 먹지 않으면 고마운 노릇이었다.
식탁은 늘 전쟁터였다.
패하면 죽는… 아니, 굶는다.
딕스는 힘과 서열에서 밀려 늘 패했고, 늘 배가 고팠다.
이를 본 어머니가 몰래 불러 음식을 주시곤 했다.
하지만 그 음식이 어머니의 몫이란 걸 알기에 다 먹을 수가 없었다.

그래서 조금 먹고 배부르다 했다.

그럴 때마다 어머니는 남자는 위가 커야 한다며 음식을 권하셨고 자신의 허기는 몰래 물로 채우셨다.

처음에는 이를 모르고 넙죽넙죽 먹었는데, 어머니가 낡은 물레를 돌리다 고픈 배를 달래기 위해 물을 드시는 걸 우연히 보게 되었다.

그 뒤로 딕스에게 어머니가 건네주신 음식은 음식이 아니었다.

어머니의 피와 살이었다.

"하아."

"무슨 생각을 하십니까?"

기분 좋은 표정이던 사람이 갑자기 우울해한다.

딕스의 신변을 보호할 책임이 있는 칼슨 백작의 입장에서 어찌 걱정이 되지 않겠는가.

"어머니 생각이 나서요. 저는 그리 유복한 가정에서 자라지 못했습니다. 그래서 맛있는 음식을 먹거나, 아름다운 곳을 보거나, 편안한 잠자리에 누우면… 어머니 생각이 먼저 나곤 합니다."

아버지에겐 미안하지만 아버지보다 어머니에게 더 애틋함을 느끼는 딕스다.

딕스의 효심에 칼슨 백작은 감탄했다.

"딕스 경은 효심이 참으로 깊군요."

성격 좋고 능력 좋은 놈이 효심까지 있다.

칼슨 백작은 딕스가 몹시 탐났다. 사윗감으로.

안타깝게도 칼슨에겐 두 살 난 딸 하나가 전부다.

"하지만 말뿐인걸요. 막상 어머니께 해드린 게 없어요."

그러고 보니 정말 어머니를 위해 해드린 게 아무것도 없다는 생각이 들었다.

그러자 이제까지 먹었던 맛난 음식이 목에 걸린다.

"그래도 그런 마음을 품고 있는 자식이 몇이나 되겠습니까? 다들 저 먹고살기 바빠 부모님은 뒷전이죠. 더욱이 딕스 경의 나이면 효심보단 우정과 사랑에 더 치우치지 않습니까. 이러니 어찌 경의 효심을 칭송하지 않을 수 있겠습니까."

친구 말은 들어도 부모의 말이라면 밀가루로 빵을 만든다고 해도 안 믿는 시기가 바로 딕스의 나이 대다.

우정과 사랑이 지를 낳아줬나? 우정과 사랑이 지를 먹여 살리나? 아니다.

그런데 그 은혜를 모르고 지 잘났다며 부모님의 걱정을 기성세대의 답답함으로 매도해 버린다.

어떤 시대든 부모는 참 힘겨운 자리인 듯하다.

"그리 말씀해 주시니 부끄럽네요."

지금 생각해 보면 가족을 살린다는 명목하에 부모님과 형제들을 강제할 생각만 했지, 그들의 생각과 인생은 전혀 고려하지 않았다.

자신에게 자신의 삶이 있듯, 부모님과 형제들에게도 그들이 바라는 삶이 분명 있을 것이다.

그것이 자신의 눈에 차지 않더라도 존중해야 하지 않을까.

그들이 스스로 선택한 삶이고 그게 행복하다면 그래야 하지 않을까.

눈에 뻔히 보이는 불행의 구렁텅이로만 가지 않는다면 묵묵히 지켜봐 주는 것도 좋겠다는 생각이 문득 들었다.

딕스와 칼슨 백작이 담소를 나누고 있을 때, 뮬 공국에서 온 상인들이 이야기하는 소리가 그 자리로 흘러들었다.

조국에 발생한 병란, 진압군의 고전…….

"……?!"

칼슨 백작도 그 이야기를 듣고 어두운 얼굴로 딕스를 보았다.

딱딱하게 굳은 딕스가 자리에서 몸을 일으켰다.

밖은 어둡다. 하지만 뱃길에 어둠은 문제가 되지 않는다.

"칼슨 백작님."

"으음, 바로 출발하겠습니다."

딕스의 마음을 읽은 칼슨 백작이 먼저 이렇게 말했다.

딕스는 그를 향해 고개를 숙이며 감사의 마음을 전했다.

칼슨은 딕스를 의미심장하게 바라보았다.

'애국자일세.'

뱃전을 때리는 물소리가 세차고 요란하다.

이는 숙련된 선원들에게도 늘 두려움을 안겨준다.

그들은 물의 무서움을 알기 때문이다.

"배가… 배가 마치 급류를 탄 것 같군."

어느 선원이 말하며 놀람을 드러낸다.

그 옆에 있던 선원들도 동의를 표하며 신기한 표정으로 물살을 본다.

모두가 놀라워하는 이 현상은 온전한 딕스의 작품이다.

물의 5서클 마법사.

굳이 골렘을 부르지 않아도 이 어린 마법사에게 이와 같은 일은 사실 아무것도 아니다.

"이 속도라면… 내일 오전 중에 뮬의 국경에 도착하겠어."

"내 선원질만 이십 년째인데 이런 물길을 만나긴 또 처음일세그려. 아니, 들어보지도 못했어. 허 참, 신기한 노릇이야, 신기해."

붉은 호수에서부터 배는 지금의 이 급류를 만나 달리기(?) 시작했다.

덕분에 예정보다 일정을 7일이나 앞당겨 뮬에 도착할 수 있게 되었다.

탑승객 중 유일하게 칼슨 백작만이 이 현상에 대해 짐작하고 있었다.

칼슨의 시선이 선실을 향했다.

뮬 공국의 국경에 도착한 딕스는 이곳 군부대의 책임자를 찾아갔다.

그는 군사용 통신기로 전장에 나가 있는 공주와 연결해 줄 것을 부탁했다.

하지만 군사용 통신기는 함부로 사용할 수 없는 물품이다.

더욱이 이곳과 전장은 장거리로, 통신의 복잡함과 비용을 생각하면 쉽게 허락할 수 없는 요청이다.

책임자의 거절은 당연한 처사다.

"정말… 안 됩니까?"

"죄송합니다."

딕스는 장교의 말에 크게 실망했다.

하지만 어쩌겠는가! 군법이 그렇다는데 따라야지.

"하아, 알겠습니다. 그럼 전황에 대해서는 알 수 있겠습니까? 소문이 너무 안 좋던데."

고전하는 전쟁. 그것도 내전이다.

부대를 책임지는 고급장교가 어찌 이를 함부로 발설할 수 있겠는가.

게다가 얼마 전 내전에 관한 언급을 금지하는 명령이 상부에서 내려왔다.

이러니 딕스가 관직에 있더라도 쉽게 말해줄 수는 없었다.

"말할 수 없습니다."

뭐든 안 된다는 장교의 태도에 딕스는 살짝 화가 났다.

하지만 그는 자신의 직분에 충실한 것뿐이다.

"그럼 남부로 가는 뱃길이라도 열어주시기 바랍니다."

"그것도 안 됩니다. 공적인 목적이 아닌 선박은 일체 운행을 금지하라는 명령이 있었습니다."

이것도 안 되고 저것도 안 된다.

그럼 어쩌란 말인가.

저 작자는 자신이 지금 무슨 짓을 하고 있는지 알기나 할까? 자발적으로 전장에 참가하겠다는 5서클 마법사의 뜻을 꺾고 있음을 말이다.

고작 3서클 마법사에게 고전하고 있으면서 말이다.

하지만 '고작' 이란 생각은 딕스가 5서클 마법사이기에 할 수 있는 것이다.

전장에서 3서클 마법사의 위력은 결코 만만치 않다.

'전장에선 마법사가 먹어주는군.'

반란군에 가담한 마법사가 누군지 딕스도 안다.

마법부에서 본 적도 있고 직접 인사를 나누기도 했었다.

하지만 그리 친하지는 않았다. 왜냐면 그는 캐넌 드 보리치의 삼촌이기 때문이다.

'안토니오 님과 반스 님은 뒀다가 스튜에 넣어 드실 건가? 두 분 중 한 분이라도 전장에 투입하면 좋잖아!'

안토니오 르 반데스 백작은 불의 지타(Z) 마법사로 4서클이고, 반스 드 도이얀 자작은 땅의 타우(T) 마법사로 3서클이다.

두 사람 중 한 명만 참전시켜도 진압군이 유리해질 것이다.

그런데 눈에 뻔히 보이는 이 전력을 왕궁에 묶어두고 있었다.

딕스는 이 점을 이해할 수 없었다.

하지만 여기에는 그가 알지 못하는 여러 이유가 있었다.

'갑갑하네, 휴우.'

아무래도 칼슨 백작과는 여기서 헤어지는 게 좋을 듯하다.

사람들도 좋고 배도 편하다.

배를 타고 남쪽으로 내려간 뒤 육로를 이용하면 빠르고 편하다.

하지만 상황이 이러니 혼자 남하할 수밖에 없다.

'보트라도 하나 사야겠군.'

쾌속정!

딕스가 타고 몰면 보트는 그 순간 쾌속정이 된다.

문제는 마나와 오메가 핵을 달달 볶아야 한다는 데 있다.

'피곤한데…….'

그래도 어쩌겠는가.

하늘이 오늘도 고생하라 명하신다.

사람을 이리 고생시킬 거면 딱 30분만 여신과의 시간을 허락해 줄 것이지.

"하아, 하늘은 내가… 호구로 보이나 보다."

제7장

키드의 수급을 바치다

강줄기를 타고 내려온 딕스는 공주가 머물고 있는 전장으로 가기 위해 육로로 갈아탔다.

그는 이동 중에 사람들을 만나지 않았다.

아니, 피했다는 표현이 맞을 것이다.

그의 행동은 마치 스스로를 고립시키는 것 같았지만 여기에는 그럴 만한 이유가 있었다.

딕스는 골렘과의 친화력을 높이기 위해 전격의 파울을 피해 다니며 수련하던 방식을 변형해 적용 중이었다.

심상 세계!

현실과 심상을 구분 짓는다.

마음을 나누고 생각을 나누어 각각의 세계에 또 다른 자신을 만든다.

하나는 현실에서 열심히 달리고, 다른 하나는 그 세계에서 골렘을 조정하고 움직이며 그 능력을 점검한다.

현실에서 골렘을 소환해 연습하면 되지 않느냐고 묻고 싶을 것이다.

물론 그럴 경우 딕스의 명성은 당장 뮬 공국을 넘어 대륙 곳곳으로 퍼질 것이며, 군사용 통신기 사용을 거부했던 장교도 즉각 사용을 허락했을 것이다.

그러나 생각해 보라.

모든 이들이 딕스의 성공을 축하해 주고 자랑스러워할까?

딕스 본인도 파울의 깨달음을 옆에서 지켜보자 저도 모르게 훼방하고 싶은 질투심을 느꼈다.

그런데 그 질투를 품은 자가 일개인이 아니고 국가라면! 그것도 거대한 힘을 가진 국가의 미움과 질시의 표적이 된다면 어떻겠는가.

이는 기름을 지고 불 속으로 다이빙하는 것과 마찬가지다.

지금은 살얼음판을 걷듯 매사에 조심할 때다.

공국에는 적이 있다.

그 적은 두말하면 입 아픈 카페니스 제국이다.

공주가 현재 북부의 왕국들을 모아 동맹을 맺고 있지만 완성되지는 않았다.

불안정한 상태라는 의미다.
그런 데다 공국은 병란 중이다.
보물이 있어도 지킬 힘이 공국에는 없다.
보물? 그거야 당연 딕스다.
"하아, 또 노숙인가."
젊어서는 모르겠지만 늙어서도 이 생활을 하라면 차라리 장렬히 객사하리라!
부엉, 부어어엉!
아우우우우.
컹컹컹컹.
꾸룩꾸루루룩.
야밤의 숲.
평범한 자들에게 숲은 매우 위험하다.
훈련받은 인간이라도 혼자라면 극히 조심해야 할 장소다.
하지만 5서클의 마법사 소년에게, 노숙에 도가 튼 이 소년에게 숲은…….
"우와, 이 낭창낭창한 가지 봐. 쿠션감 죽이겠네!"
침대로 쓸 만한 가지. 친환경 생필품의 발견!
딕스는 이 소소한 것에 환호를 터뜨린다.
소박한 놈.
그는 능숙하게 가지를 이용해 침대를 만들었다.
난방? 그깟 건 그에게 필요 없다.

모닥불? 그딴 것도 그에겐 필요 없다.

그냥 몸을 편안하게 누일 자리만 만들면 난방은 물의 마법으로 해결할 수 있다.

간이침대에 몸을 누인 딕스는 만족감을 느꼈다.

"예술일세, 예술이야. 크크크."

자신의 손재주에 딕스는 감탄을 금치 못했다.

하긴 19개월 동안 매일 이 짓을 했는데 실력이 늘지 않으면 그게 이상할 노릇이다.

소드마스터에게 쫓겨 다니면서도 잠자리까지 챙겼던 이 녀석… 확실히 보통 녀석은 아니다.

딕스는 배낭에서 요구르트를 꺼냈다.

싱그로아산 요구르트보다 맛은 떨어지지만 공국산 요구르트에도 특유의 향과 달콤함이 있다.

보통 이런 밤, 남자는 술을 마시지만 딕스는 술에 크게 데인 후로 술의 'ㅅ'만 들어도 몸서리를 쳤다.

겨울 달, 맑고 깨끗하다.

겨울 별, 엄청 많아서 보고 있으면 눈 아프다.

그리고 겨울 숲… 나무 타는 냄새?!

요구르트를 마시며 고독을 달래던 딕스의 눈빛이 변한다.

'이 겨울에 노숙하는 정신 나간 놈이 있네?'

숲은 진짜 위험하다.

그래서 어지간한 숫자와 자신감이 아니면 들어와서 쉴 생각을 하지 못한다.

특히 겨울에는 몬스터와 짐승들이 잔뜩 굶주려 있다.

그 히스테릭한 놈들에게 걸리면 뼛조각 하나 안 남는다.

이런 위험천만한 곳에서 노숙을 할 정도면 실력은 기본일 것이다.

아니면 도적 떼거나.

물의 척후가 보고한다.

정신 나간 노숙자의 위치와 숫자에 대해서.

'여덟 명이라…….'

실력이 있는 놈들로 그쯤이면 노숙할 만하다.

딕스는 이웃 노숙자들을 살펴볼까 말까 잠시 고민했다.

이대로 가만히 있으면 놈들은 자신의 존재도 모르고 내일 아침이면 떠날 것이다.

내버려 두는 게 옳다. 하지만…….

'이웃사촌이란 말도 있잖아.'

이 지역은 반역자들과 진압군이 산발적으로 전투를 벌이고 있는 곳과 몹시 가깝다.

한마디로 전장이다. 이런 숲에 여덟 명이나 들어와 노숙을 하고 있다.

진압군의 병사나 주민들이라면 이곳에 절대 오지 않을 것이다.

이곳에서 무단으로 돌아다니면 반군의 졸개로 취급받기

십상이기 때문이다.

딕스야 공주를 만나러 간다는 이유가 있지만, 저들은… 과연?

이웃사촌(?)을 보러 간 딕스.

'어, 저 새끼… 캐넌이네!'

캐넌 드 보리치, 포악하고 오만한 마법부의 '뜨개-뜨거운 개-'. 유독 자신을 못 잡아먹어서 안달이던 놈.

친제국파의 몰락과 함께 망해 버린 놈이 이 야심한 시간에 여기에 있다.

무슨 이유로? 차차 알아볼 일이다.

'하늘도 미안한가 보네. 저 새끼를 여기서 보게 해주다니.'

꿈인지 생시인지 모르겠다.

너무 기뻐서 딕스는 제 살을 꼬집기까지 했다.

아팠지만 기분은 째지게 좋다.

전 건설부 장관인 이인 자작의 독자이자 보리치 가문의 상속자, 캐넌 드 보리치! 그랬던 놈이 이제는 친제국파의 몰락으로 그간 누려 왔던 모든 것을 잃고 말았다.

그는 삼촌인 키드 드 말로이드 자작의 구원으로 형장의 이슬이 되는 신세를 면할 수 있었다.

그런 그가 가문의 복수를 위해서, 자신의 것을 되찾기 위해서 반란군에 가담한 것이다.

그는 삼촌 덕분에 반란군에서도 중요한 직책을 맡고 있었다.

"이 군자금이면 아군이 반년은 버틸 수 있을 것이다."

캐넌은 반군 사령관 체스터 백작의 명령을 받아 은밀히 제국의 인사와 접촉했고, 그에게서 반군이 반년을 버틸 수 있는 군자금을 받아 본대로 복귀하는 중이었다.

그러나 불행히도 캐넌은 여기서 호랑이보다, 오거보다 더 무시무시한 딕스라는 몬스터(?)를 만나고야 말았다.

캐넌의 일곱 일행은 모두 기사로 놀랍게도 그중 셋이 오러를 다루는 익스퍼트다.

이는 정예 대대 하나쯤은 순식간에 쓸어버릴 수 있는 전력이다.

기사들의 눈길이 상자로 향한다.

상자는 크지 않았지만 그 안에는 화폐 대용으로 사용되는 보석이 잔뜩 들어 있었다.

반군의 규모는 3만에 이른다.

그 숫자가 반년을 생활한다? 그것도 전투를 수행하면서! 엄청난 거금이 저 상자 안에 들어 있음이다.

딕스는 이 모든 걸 하나도 놓치지 않고 듣고 있었다.

불법 군자금 = 불로 소득!

이러한 공식이 딕스의 머릿속을 가득 채운다.

'아, 저게 내 정신적 피해 보상금이란 말이군.'

캐넌은 자신의 전담 시녀 젤을 이유 같지 않은 이유로 괴롭혔고, 큰형을 동생인 자신이 지켜보는 앞에서 대련을 빙자해 병신으로 만들려 했다.

저 간악하고 비열하고 역겨운 녀석이 지금 엄청난 돈다발, 아니, 보물 상자를 갖고 있다.

이는 자신이 다 가져가도 된다는 의미가 아니겠는가.

신의 보너스!

인생에 이런 낙도 있어야지. 물론 이는 딕스의 주관적인 논리다.

"웬 놈이냐!"

챙챙챙챙!

소드익스퍼트!

그들의 예민한 감각에 딕스가 발각당했다.

기사들의 눈과 검이 딕스가 몸을 숨긴 나무로 향한다.

딕스는 숨지도, 피하지도 않는다.

놈들은 안 그래도 찾아갈 사신을 스스로 자청하는 셈이다.

저리 와달라고 간절히 소망하는데 안 가는 것도 예의가 아니다.

'난 참 예의가 발라.'

예의 바른 심성으로 캐넌을 매우 정성을 다해 발라 버리리라!

딕스는 캐넌을 오연한 태도로 쏘아보았다.

일곱이나 되는 기사들이 뿜어대는 기세와 무형의 검력은 쉽게 감당할 수준이 아니다.

하다못해 길 가다 과도 든 사람을 만나도 겁을 먹고 움츠러드는 게 보통의 인간이다.

한데 검의 길을 가는 자들, 그것도 일곱이 무시무시한 표정으로 쏘아보는 데도 딕스는 전혀 위축되지 않는다.

그제야 캐넌과 그 일당의 태도에 변화가 보인다.

딕스는 기사들에겐 관심이 없었다.

이미 물의 마나를 주위에 쫙 풀어뒀다.

전투 골렘을 소환할 필요조차 없다.

자신의 능력만으로도 충분하다.

"오랜만이야, 캐넌. 후훗."

방긋 웃으며 딕스는 캐넌에게 인사를 했다.

그런데 인사를 받은 놈은 그를 전혀 알아보지 못한다.

"어찌 나를 아는 것이냐?"

인사를 건넸는데 상대가 자신을 몰라본다면 기분이 어떨까?

뻘쭘.

"나, 날 몰라?"

딕스는 황당했다.

다른 사람은 몰라도 캐넌, 저놈은 자신을 기억해야 하지 않는가.

놈에게 자신은 원수(?) 아닌가!

원수가 조금 달라졌다고 생판 몰라보다니.

'뭐, 조금 크고 얼굴 약간 변한 것 외에는 그리 달라지지 않았는데.'

자신의 변화를 늘 봐 왔으니 딕스로서는 당연한 생각이다.

하지만 오랜만에 보는 사람들에게 그는 생면부지일 수밖에 없다.

오죽하면 19개월 동안 내리 쫓아다니던 전격의 파울도 그를 알아보지 못했겠는가.

아직도 귀에 생생하다… '넌 누구냐?'

딕스는 그걸 아직까지 파울의 농담으로 여기고 있었다.

이런 그에게 캐넌의 반응은 자신의 외모에 대해 다시 한 번 생각하게 하는 계기를 던져 주었다.

"누군데 날 아는 척하는 것이냐!"

캐넌이 경계심과 짜증이 섞인 음성으로 소리쳤다.

그러자 기사들이 딕스를 포위하기 위해 움직였다.

간결하고 빠른 움직임이다.

딕스는 기사들의 행동을 용인했다.

저들은 알지 못한다. 자신들의 주변에 떠돌고 있는 물의 마나에 대해서.

소년이 찰나의 시간에 신호만 주어도 물의 마나는 저 기사들을 휘감아 터뜨릴 것이다.

어떻게? 얼려서 잘게 쪼갠다!

사람의 육신이 얼어서 터지는 것을 본 적 있는가! 오금이 저려 몇 날 며칠 잠도 자지 못할 장면이다.

딕스는 지금 그와 같은 잔인하고 엽기적인 일을 행할 준비를 마쳤고, 그전에 그렇게 사람들을 처리한 경험도 있다.

그럼에도 그는 '그게 뭐 어때서?'라고 반문할 수 있을 만큼 무딘 녀석이 되어 있었다.

이는 그에게 특별한 것이 있기 때문이다.

두 개의 마음!

평범한 하나를 제외한 다른 하나의 마음에는 그의 어두운 일면이 모두 응축되어 있다.

그 응축된 마음이 적을 대면할 때면 어김없이 부상한다.

바로 지금처럼… 인정도, 동정도, 자비도, 가책도 못 느끼는 기질이 나오는 것이다.

그렇다고 여기에 이성이 휩쓸리지는 않는다.

이는 딕스의 무시무시한 장점이기도 했다.

"진짜 못 알아보는군. 그렇다면 친절하게 내 소개를 하지. 딕스. 내 이름은 딕스다, 캐넌."

씨익.

봤느냐? 이 웃음을. 캐넌, 넌 이제 지옥을 구경하게 될 것이다.

이 선고는 일곱의 기사가 사라지는 것으로 시작되었다.

"이, 이게… 으아아아아악!"

"크아아아아아악!"

"컥!"

그렇게 기사들이 몽땅 흔적도 남기지 않고 사라진 후, 캐넌은 자신이 세상에 태어난 것이 끔찍한 저주였음을 알게 되었다.

1초가 1년 같다. 이 말을 캐넌은 그 밤 내내 뼈저리게 체험했다.

"주, 죽여줘요! 제발… 용서하세요. 흑흑흑."

"선배, 이제 시작이에요. 밤이 새려면 아직 한참 남았어요. 이제 어디를 찢어드릴까요? 앞서 고생한 보답으로 제가 드리는 선물이에요. 선택… 아, 흠, 거의 다 찢어놔서 찢을 데가… 음, 안 보이지만 찾으면 될 거예요. 노력하라, 그럼 이룰 것이다. 이런 말도 있으니까."

가슴에 담아뒀던 복수의 칼을 빼든 딕스는 이를 무자비하게 휘둘렀다.

숲의 정적은 또다시 비명에 무너진다.

"크아아아아아아!"

체중은 빨리 내려야 큰 병이 되지 않는다.

캐넌 드 보리치를 깔끔하고 우아하게 처리한 딕스는 힘차게 달려 공주가 머물고 있는 진압군 본진에 도착했다.

여기서도 마찬가지로 실랑이가 벌어졌다.

딕스는 공주를 만나고도 본인 확인 절차를 무려 30분 동안 받아야만 했다.

"누구세요?"

대체 얼마나 변했다고 아는 사람들마다 이런단 말인가! 설마 부모님도 자신을 몰라보는 황당한 일이 벌어지지는 않겠지? 설마 그럴 리가.

딕스는 세차게 고개를 내저었다.

우여곡절 끝에 공주를 만난 딕스는 그녀와 함께 오붓한 시간을 가질 수 있었다.

"패트릭 기사님을 여기서 볼 줄은 몰랐어요, 공주님. 하하."

공주의 호위 기사대에 패트릭도 끼어 있었다.

지난 여정에서 공주가 패트릭을 좋게 보았나 보다.

어쨌든 공국의 대세 엘리자베스 공주의 눈에 들었다는 것은 패트릭에게도 매우 좋은 일이다.

인생은, 출세는 그 혼자만 잘나가도 안 된다.

도움이 될 수 있는 주변인들과 더불어서 잘나가야 후일 서로 바람막이가 되어줄 수 있다.

가족이라도 인간 됨됨이가 덜되었다면 키워줘선 안 된다.

가족이 아니라 원수가 될 수도 있으니까.

이것이 딕스의 철학이다.

'하아, 맥 빠지게 공주님 왜 저래?'

공주는 아직도 딕스를 어색하게 보았고, 소년은 이를 이해하지 못했다.

이젠 그녀의 태도에 섭섭한 생각까지 치밀었다.

예전에 공주는 딕스에게서 남자의 느낌을 받기는 했으나 그의 외모 탓에 스킨십을 편하게 했었다. 그러나 지금은 겉과 속이 모두 남자로 보여 편히 대하기가 어려웠다.

공주의 이러한 고충과 혼란을 딕스는 알지 못했다.

"괜찮은 사람이니까, 실력도 출중하고."

딕스는 공주가 자신을 만나면 반가움의 표현으로 포옹 정도는 해줄 것이라 생각했다.

그렇게 기대했건만 그녀는 무심하게도 어색한 표정으로 '바, 반가워, 딕스.' 이게 고작이었다.

혹시나 단둘이 있으면 그녀의 표현이 좀 더 친근해지지 않을까 기대했다.

그러나 그것 또한 기대로 그치고 말았다.

게다가 공주는 딕스를 전염병 환자처럼 보는지 세 걸음 이내에 가까이 접근하지도 않았다.

그 세 걸음이 딕스에겐 3,000걸음으로 느껴졌다.

거리감!

전에 없던 그녀의 태도가 딕스에게 섭섭함으로 안착한다.

'편지로는 그렇게 친절하고 내 걱정을 하더니… 뭐야? 이 안면 바꾼 요상한 상황은?'

공주가 자신을 편하게 대하지 못하니 딕스 역시 그녀가 점점 어렵게 느껴졌다.

이를 무마하기 위해 영양가 없는, 오직 웃음만 있는 유머를 날렸지만 오히려 분위기만 더 어색하게 만들었다.

"패트릭 기사님은 인품도, 실력도 출중하시죠. 헤헤. 제가 아무나 형님 삼지 않거든요."

홍수가 난 마을에서 딕스와 패트릭은 의형제를 맺었다.

그와 딕스는 나이 차이가 상당하지만 뜻이 통한 남자들의 세계에서 나이는 단순한 숫자에 불과하다.

물론 나이를 서열로 여기는 자들도 더러 있었지만 패트릭은 나이가 서열이 아니라고 생각하는 개방적인 인물이었다.

그렇다면 딕스는?

그는 당연히 나이가 서열이라고 믿는 쪽에 가깝다.

"패트릭 경은 성품이 참된 사람이지, 딕스……."

"예, 공주님."

"무사해서 다행이야. 그리고 건강해서 고마워."

공주가 드디어 괴리감의 장벽을 허물어뜨리려는 시도를 했다.

좋은 징조다.

이제 예전의 친밀감이 다시 돌아오는 일만 남았다.

"아 참, 안소니 국왕 전하께서 공주님께 이 말을 전해달라 하셨습니다."

딕스는 어색함을 풀기 위해 대화를 지속적으로 끌어갈 수 있을 것 같은 소재를 꺼냈다.

하지만 그것이 문제였다.

"음, 얘기해 봐."

딕스는 분위기를 띄우기 위해 안소니 국왕의 목소리를 흉내 냈다.

"공녀에게 내가 그런 남자라고… 사생활이 깨끗하다고 전해달라는 말일세. 하하하. 그리고 이 말도 전해주게. 뮬의 미래가 마음에 들었다고! 라고 하셨습니다. 제가 토시 하나, 느낌 하나 틀리지 않고 그대로 머리에 기억해 뒀죠. 헤헤헤."

딕스는 내심 뿌듯함을 느꼈다.

그녀를 감싼 저 어색함이란 보호막은 그녀의 웃음이 터지면서 깨질 것이라고 그는 믿었다.

하지만 관심을 둔 남자가 '다른 남자가 네 짝으로 어떠니?' 라는 말을 하는데 세상 어떤 여자가 좋아할까? 이는 남녀 입장을 바꿔 생각해도 유쾌한 일이 아닐 것이다.

싸늘.

공주의 얼굴에 떠오른 표정이다.

흠칫!

이건 딕스의 얼굴에 떠오른 표정이다.

'뭐, 뭐야? 왜 저러셔? 웃자고 한 건데… 꼭 죽자고 달려드는 분위기네.'

딕스의 어깨가 좁아지고 무거워진다.

당당하게 그녀를 바라보던 눈길 역시 힘을 잃고 아래로 떨어진다.

지금 그의 머릿속은 굉장히 복잡하다.

"보고 잘 들었습니다, 딕스 경. 피곤할 테니 그만 들어가 쉬세요."

속상한 공주는 재빨리 딕스의 시야에서 사라져 버렸다.

머~어엉.

끔뻑끔뻑.

긁적긁적.

갸웃갸웃.

"…하아."

딕스는 진정으로 이 상황을 이해하지 못했다.

공주를 만나면 해줄 이야기가 산더미처럼 쌓여 있었다.

그런데 서두조차 꺼내지 못하고 '강제 폐업' 당했다.

"아 씨, 난 이야기의 반의반도 풀어놓지 못했는데 저리 가 버리면 어쩌란 거야?"

가장 중요한 이야기, 자신의 경지에 대해서 말하지 못했다.

그 말을 먼저 할 걸 그랬나? 그랬다면 분위기가 좀 달라졌을까?

음식도 가장 맛있는 게 늦게 나오는 법이고 공연도 대미가 가장 화려하다.

그래서 아껴뒀는데.

공주가 기뻐하고, 좋아하고, 칭찬해 주는 상상을 하며 기대에 부풀었었다.

입이 근질거리는 걸 애써 참았다. 그런데 결과는 이 모양.

쌀쌀맞게 걸어가는 공주를 돌려세워 지금이라도 말할까? 하지만 저 분위기, 저 포스를 보니 그리했다간…….

'귀싸대기 맞을 것 같아.'

긁적긁적.

당장 내일이 고민이다.

공주의 저 태도가 내일도 이어진다면… 딕스의 입에서 한숨이 다시 튀어나온다.

전에 그녀는 자신이 실수를 하더라도 대범하게 넘어가 주고 위로도 아끼지 않았다.

그랬던 그녀가… 달라졌다.

'아마 저 반군 새끼들 때문이겠지!'

진압군의 가장 큰 골칫거리는 반군의 마법사 키드.

놈의 수급을 공주에게 갖다 바친다면……!

딕스는 밤새 키드의 조카, 캐넌을 찢어줬다.

지난날의 원한을 풀었을 뿐인데 놈은 별의별 말을 다 지껄였다.

비명을 듣고 싶었지, 말을 듣고 싶지는 않았는데… 눈치 없는 놈.

그 지껄임 중 하나가 마법사 키드와 관련된 것이었다.

딕스는 날짜 계산에 들어갔다.

"마법사라… 유익한 경험이 되겠군."

싸운다. 피를 본다. 적이다.

이 생각은 또 다른 딕스를 그의 속에서 끌어낸다.

거침없는 파괴 본능!

공주는 자신의 막사로 뛰어들었다.

그녀의 수호 기사 스칼렛은 기분 좋은 표정—여자끼리만 알아볼 수 있다는 감정—으로 나갔다가 실연녀처럼 돌아온 공주의 모습에 흠칫했다.

그렇다고 공주의 마음이 노골적으로 드러난 것은 아니다.

여자만의 섬세한 눈썰미와 공감 능력이 있어야만 이를 간파할 수 있다.

공주가 딕스에게 호감이 있다는 건 스칼렛도 알고 있었다.

하지만 그 감정이 귀여운 남동생을 대하는 느낌일 것이라고 여겼다.

공주는 입버릇처럼 남동생이 있었으면 좋겠다고 말했으니까.

그래서 지금까지는 그렇게 생각했다. 한데 오늘 보니 그것이 아니었다.
소년을 향한 공주의 마음은 여자의 것이었다.
스칼렛의 당혹감과 놀라움은 이루 말할 수 없이 컸다.
이런 상황에서는 여자에게 그 어떤 말도 귀에 들리지 않는다.
이럴 땐 혼자만의 시간이 필요하다.
공주의 막사에서 조용히 물러난 스칼렛은 다소 굳은 표정으로 딕스를 찾아갔다.
그때 딕스는 공주를 히스테릭하게 만든 원인을 제거하기 위해 진영을 막 떠나려던 참이었다.
"어디 가지?"
"앗, 스칼렛 기사님."
그녀는 공주의 수호 기사.
자신은 공주의 수호 마법사.
자신과 그녀는 공주의 오른팔과 왼팔이다.
"외출하려나 보군."
딕스는 스칼렛을 빤히 응시했다.
그녀는 믿을 수 있는 자다.
그녀는 약속을 절대 어기지 않는다.
그런 자에게 어찌 하지 못할 말이 있겠는가.
"키드 잡으려요."
공주의 일로 딕스를 찾은 스칼렛은 예상치 못한 그의 대답에 깜짝 놀랐다.

지금 딕스의 말투는 동전 하나 들고 가서 과자 하나 사올 테니 기다려 하는 식의 지극히 일상적인 느낌의 멘트였다.

그러니 그가 언급한 키드가 진압군의 골칫거리인 마법사 키드일 것이라곤 상상조차 할 수 없었다.

"그게 무슨… 뜻이지?"

"이런 말, 해도 될지 모르겠는데… 공주님이 정신적으로 많이 힘드신가 봐요. 그래서 제가 그걸 덜어드리려고요."

그제야 스칼렛은 딕스의 말을 이해할 수 있었다.

그녀의 얼굴에서 갑자기 찬바람이 분다.

말도 안 되는 소리를 들었다는 표정이 역력하다.

그러니 당연히 혼을 내줘야 한다.

'이 녀석… 바보인가?'

공주의 정신적 피폐 현상에 극단적인 원인을 제공한 자가 누군데! 바로 네놈이다. 그런데 남 탓을 하고 있으니.

스칼렛은 눈에 훤히 보이는 이 상황을 제멋대로 해석하고, 결론짓고, 위험하게 해결하려는 이 소년에게 진심으로 화가 났다.

아무리 여자의 감정에 대해 무딘 게 남자라는 족속이라지만 어찌 저리 답답할 정도로 모른단 말인가.

더욱이 여자의 기분을 풀어주겠다고 개죽음을 자초하고 있다.

한편으로 스칼렛은 공주와 딕스가 연인 관계로 발전하는 것을 반대하는 입장이다.

그렇다 보니 직접적으로 알려주어 그가 공주의 마음을 깨닫게 하고 싶지는 않았다.

불은 하나일 때보다 둘일 때 더 뜨겁게, 더 크게 타오르는 법이다.

이럴 수도 저럴 수도 없는 애매모호한 상황에 빠진 스칼렛이다.

"그게 무슨 말이지? 설마 마법사 키드를 잡으러 간다는 소린가?"

"제게 놈을 잡을 수 있는 정보가 있거든요."

캐넌의 일과 군자금 건에 대해 딕스는 평생 함구하기로 결심했다.

공주가 조금만 살갑게 대해줬어도 군자금의 30퍼센트를 떼어주려 했다.

딕스는 쿨한 남자니까.

한데 공주가 서먹하게 대하니 자발적으로 자신의 소득을 나눠주고 싶겠는가.

사정이 이렇다 보니 딕스는 키드에 대한 정보 경로를 밝힐 수 없었다.

뒤늦게 아차 싶었지만… 말 흐리기는 그의 주특기다.

"정보? 그게 무슨 소리지?"

"그런 게 있어요. 그리고 그렇게 보지 마세요. 전 확신이 없이는 움직이지 않아요. 이래 봬도 엉덩이 무거운 남자거든요. 물론 확신에는 실력이 뒷받침되어야겠죠. 후후."

지금 딕스는 반전투 모드다.

과격해졌다는 표현이 적당할 것이다.

굳이 그렇게까지 할 필요는 없지만 딕스는 자신의 실수를 덮을 속셈으로, 그리고 자신을 마냥 어리게만 보는 스칼렛에 대한 반감으로 힘을 살짝 개방했다.

전체 힘을 다 내보이지는 않았다.

그건 그녀가 감당할 수 없으니까.

그의 마법은 이미 서클 마법화가 되어 있었다.

원래 서클 마법은 골렘만이 사용할 수 있다.

한데 그것을 인간인 딕스가 손쉽게 사용한다.

이는 대륙을 발칵 뒤집어놓을 엄청난 괴사였다.

스칼렛은 자신을 감금(?)한 물의 거대한 마나를 느꼈다.

생명에 직접적인 위협은 없지만 여기서 강도가 더 세지면 위험할 수 있겠다는 생각이 들었다.

과거에 소년에게 무참하게 살해당한 기사 하일스가 그녀의 뇌리를 스쳤다.

그때도 소년은 강했다.

그에게 자극을 받을 정도였고, 공주를 안심하고 맡길 정도였다.

하지만 지금은 그때와…….

'이, 이건… 말도 안 돼! 어떻게 저 나이에!'

스칼렛은 충격에 빠졌다. 그녀의 천재성에 항복을 시인했던 수많은 자들이 느꼈던 감정을 지금 그녀는 딕스를 통해 느끼고 있었다.

무력감.

스칼렛은 난생처음 그 기분이 무엇인지 알게 되었다.

천재 여검사 스칼렛을 참담하게 만든 딕스는 조용히 부대를 빠져나갔다.

마법사 키드의 수급을 가지러.

"포장은 뭘로 하지?"

예민한 여자에게 책잡히지 않기 위해 소소한 부분까지 신경 쓰는 자상한 남자.

마법사 키드의 목숨을 거두는 일이 누군가에겐 포장지를 결정하는 일보다 가볍다.

소드익스퍼트는 대단한 능력자다.

그런 자들이 무려 열두 명이나 마법사 키드를 보호하고 있었다.

불의 3서클 마법사와 열두 명의 기사, 강력한 조합의 소수정예다.

딕스는 지금 그 정예가 웅크린 마을을 내려다보고 있다.

그는 어둠이 내려앉은 언덕에 있었다.

진압군과 반군의 교전이 심한 지역의 주민들은 모두 안전한 곳으로 옮겨갔다.

그래서 빈 마을이 많다.

이곳도 그런 마을 중 하나다.

딕스는 물의 척후를 통해서 이 마을을 비롯해 주변 일대를 샅샅이 살폈다.

예전에 짐승, 몬스터, 인간을 구분하지 못했던 물의 척후는 딕스와 동반 성장해 지금은 존재감에 대한 분별력이 생겼다.

이제 물의 척후는 인간을 정확하게 구분할 수 있다.

남녀노소의 구분은 아직 힘들었지만.

"시리우스."

딕스는 담담하게 자신의 골렘을 불렀다.

다양한 크기의 조각들이 인간형으로 결합된 신비로운 모습.

그 결합 면에 푸른 마나가 흐르며 신비감이 더 커진다.

은은한 푸른빛으로 어둠을 몰아내며 위풍당당하게 서 있는 물의 골렘을 바라보는 딕스의 입가에 작은 미소가 감돈다.

"실전이다, 시리우스."

딕스는 시리우스를 키드와 기사들이 쉬고 있는 마을로 내려보냈다.

시리우스의 존재감이 해일처럼 마을을 덮쳤다.

물의 척후는 시리우스의 존재감에 화들짝 놀란 키드와 기사들의 움직임을 실시간으로 딕스에게 보고했다.

골렘의 존재감을 알고 반응하는 자는 결코 평범한 인간일 리 없다.

마법사와 기사뿐이다.

'확실하군.'

저 마을에 민간인이 있을지 모른다는 생각이 들어 의도적으로 시리우스의 존재감을 확대해 표출시켰던 딕스다.

그 자극의 반응은 지금 보고받은 열세 개의 빠른 움직임이다.

마을에 들이닥친 시리우스는 키드의 불의 골렘과 열두 명의 기사를 상대로 싸웠다.

키드는 3서클 마법사로, 그의 골렘은 시리우스의 딱 절반 크기다.

불의 골렘이 시리우스를 먼저 공격했다.

시리우스는 거대한 물의 방패를 왼팔에 생성했다.

이 차가운 방패는 불의 골렘이 방출한 불줄기를 가볍게 막아냈다.

뜨거운 선물을 안겨준 키드의 골렘을 향해 시리우스는 거침없이 질주했다.

불의 골렘도 시리우스와 싸우기 위해 불의 방패와 검을 생성했다.

4미터의 골렘과 2미터의 골렘이 큰 격돌음을 일으키며 맞붙었다.

콰아아아앙!

츠ㅇㅇㅇㅇㅇㅇ.

불의 검과 물의 방패가 부딪치며 천둥 같은 소리가 났다.

물의 검이 불의 방패를 후려치자 거대한 수증기가 사방으로 뻗어나갔다.

두 골렘의 주변은 순식간에 뿌연 안개로 뒤덮였다.

짙은 안개 속에서 두 골렘은 물의 힘과 불의 힘으로 싸웠다.

하지만 결과는 불의 골렘에게 비관적이었다.

시리우스의 힘이 그보다 월등히 강력했기 때문이다.

시간은 벌 수 있으나 불의 골렘이 승리할 수 없는 전개였다.

키드는 이를 악물었다.

자신보다 강력한 마법사가 나타났다.

이는 약자에 속하는 마법사에게는 절망이었다.

"마법사를 찾으시오! 분명 근방에 놈이 있을 것이오!"

키드는 기사들을 향해 정신없이 소리쳤다.

자신의 골렘으로는 상대 골렘을 이길 수 없다.

최선의 방법은 상대 마법사를 찾아서 제거하는 것이었다.

키드의 선택은 옳았다.

기사들도 진작부터 적을 찾는 중이었다.

감각을 극대화시킨 기사들이 눈에 불을 켠다.

이들이 아무리 노력해도 적 마법사는 보이지 않는다.

이들과 딕스의 거리가 너무 떨어져 있었기 때문이었다.

쿠아아아앙!

시리우스는 갓난쟁이의 팔을 비틀 듯 손쉽게 불의 골렘을 제압했다.

시리우스의 물의 칼이 불의 골렘을 정수리부터 사타구니까지 단숨에 반으로 갈라 버렸다.

응집된 불의 마나가 폭발하면서 주변은 불길에 휩싸였고, 마법사 키드는 묵직한 신음을 흘리며 비틀거렸다.

마나 공백 현상.

이는 소환한 골렘이 외부의 힘에 의해 파괴될 때 발생하는 현상이다.

몸에 무리가 가거나 고통스럽지는 않다.

심한 무기력증을 느낄 뿐이다.

'누구냐! 대체… 대체 어떤 자가 나타난 것이냐!'

비틀거리는 키드를 부축하며 기사가 다급히 말했다.

"피신해야 할 것 같습니다."

키드는 기사의 말을 거부하지 않았다.

키드를 부축한 기사가 동료들에게 급히 소리쳤다.

시리우스의 발을 묶으라는 지시였다.

기사의 검!

그 검으로도 골렘을 파괴할 수 있다. 하지만 그러기 위해서는 기사의 실력이 골렘의 수준보다 높아야 한다.

안타깝게도 키드를 지키는 기사들의 수준은 시리우스를 뛰어넘지 못했다.

오러를 앞세운 기사들이 시리우스를 공격했다.

시리우스의 물의 방패가 기사의 오러를 가볍게 막아버린다.

오러를 후려갈겼지만 시리우스의 방패에는 흠집조차 나지 않았다.

이를 보며 후퇴하던 키드가 소리쳤다.

"동체를 노리시오! 가능하다면… 미간, 미간을 노려요!"

해줄 수 있는 말은 고작 이것밖에 없었다.

이미 기사들도 알고 있는 방법이었다.

하루살이처럼 달려드는 기사들이 귀찮아졌는지 시리우스의 검이 사방으로 포악하게 움직였다.

그 움직임 하나하나에는 마법의 묘리가 담겨 있었다.

물의 화살 수백 개가 기사들을 향해서 날아간다.

깜짝 놀란 기사들이 사방으로 황급히 몸을 날렸다.

퍽퍽퍽퍽!

벽과 나무는 종잇장처럼 뚫렸다.

예민한 감각을 지닌 기사들은 그 벽과 나무 뒤에 숨어 있었음에도 정확하게 이를 피해냈다.

일반인이었다면 몸을 날리기도 전에 당했을 공격을 피한 것이다.

역시, 기사들이었다.

폭풍 같은 마법 공격을 피한 기사들이 숨어 있던 장소에서 그 모습을 드러냈다.

이들은 다시 시리우스를 향해 맹렬한 속도로 달려들었다.

그런데 그들 중 몇 명이 보이지 않았다.

딕스는 언덕에서 시리우스의 전투를 관전하며 부족한 부분, 어색한 부분을 뇌리에 새기고 있었다. 차근차근 고치기 위함이다.

"상대 골렘이 너무 시시했나? 너무 쉽게 끝났어. 응? 날 포착한 건가? 흠, 과연 익스퍼트란 말이지."

기사들이 자신을 찾지 못할 것이라고 생각했다.

전장과 이곳은 꽤 떨어져 있는데 기사들이 자신의 위치를 정확하게 알고 달려오고 있다.

물의 척후가 긴급히 이를 보고한다.

준비하라고, 적이 나타났다고 경종을 울린다.

딕스는 전혀 당황하지 않았다.

'상대하는 기사들을 모조리 죽여라!'

그의 명령을 받은 시리우스는 좀 더 강력한 마법으로 달려드는 기사들을 공격했다.

안개 생성과 결빙!

딕스의 주특기가 시리우스의 손에서 더욱 막강한 위력으로 완성되었다.

그러자 시리우스에게 달려들던 기사들의 몸이 안개 속에서 얼어붙었다.

기사들은 내부의 마나를 밖으로 뿜어 몸을 움직이려 했다.

그 시도가 먹혀 그들은 겨우 움직일 수 있었다.

하지만 완벽하게 움직이기도 전에 시리우스의 검이 먼저 기사들을 쓸고 지나가 버렸다.

그 시각, 딕스는 자신에게 달려드는 기사들을 물의 그물 속에 가뒀다.

물의 그물에 갇힌 기사들은 입속에서 느껴지는 이물감으로 걷잡을 수 없는 혼란에 빠져들었다.

그래도 단련된 기사답게 그 와중에도 대책을 마련했다.

기사들은 체내의 마나를 방출해 이물감을 밀어냈다.

성과가 나타나려는 순간, 이들의 입안에 가득찬 물이 결빙되더니 뾰족뾰족한 가시를 내밀었다.

이는 이들이 백 번 죽었다 깨어나도 막을 수 없는 상황이었다.

"끄아아아악!"

"커헉!"

뇌와 안구가 숭숭 뚫리고도 살아남을 생명체는 없다.
딕스는 서리에 뒤덮인 채 서 있는 세 기사를 본다.
꿈에 볼까 무서운 형상으로 죽은 기사들이었다.
하나 이를 바라보는 딕스의 눈빛에는 단 한 점의 감정의 동요도 없었다.
'음… 빠르고 강력하긴 한데 마나가 지나치게 많이 소모되네. 이 부분은 중점적으로 연구해 봐야 할 문제군.'
한 줌의 물을 항마력이 발동하지 않는 적의 입속에서 얼리고 이를 터뜨린다.
말은 쉽다.
하지만 그 누구도 이러한 방식을 흉내 낼 수는 없다.
이러한 기술은 딕스이기에 가능한 일이었다.
"키드와 내 골렘의 격이 달라서일까? 기대와 달리 배울 점 하나 없는 시시한 전투였어."
키드 하나를 못 잡아서 밤샘해 가며 골머리를 앓았던 진압군의 참모들이 이 말을 듣는다면 화병으로 쓰러지지 않을까 싶다.
딕스는 이제 키드의 수급을 취하러 갔다.
놈이 달아나는 방향은 물의 척후가 감시하고 있다.
키드가 아무리 달아나 봐야 딕스의 손바닥 위다.
한데 그를 쫓는 딕스의 표정이 그리 밝지 않다.
서클의 차이에서 발생하는 골렘의 전투력!

지금의 상황이 역전되어 자신이 키드와 같은 처지가 되지 말란 법도 없다.

5서클, 대단한 경지지만…….

'지금의 나보다 강한 자는 얼마든지 있어.'

저벅저벅.

묵직한 그의 발걸음이 어둠 속으로 스며든다.

공국의 내전은 딕스가 키드의 수급을 가져오면서 급물살을 타기 시작했다.

배후가 안전해진 진압군은 완벽하고 빠른 승리를 위해 중앙군 5,000명과 남부 지역 영지군 2만을 더 충원했다.

이 전력으로 곧장 반군이 점거한 지역에 대해 수복 작전을 펼쳤다.

딕스가 마법사가 된 사실과 그 실력이 5서클임을 알게 된 공주는 깜짝 놀랐다.

경악이란 단어를 넣지 않고서는 도저히 설명할 길이 없는 표정이 그녀의 얼굴에 나타났다.

지나치다, 과하다, 넘친다!

딕스의 경지는 공주에게 이런 생각을 갖게 할 정도였다.

그가 자신의 현재 경지에 만족하고 자만하지 않을까? 공주는 이를 먼저 걱정했다.

옆에서 살펴본 공주는 다행히도 딕스에게서 그런 점을 느끼지 못했다.

오히려 그는 자신이 너무 부족하다는 불평을 늘어놓았다.

이 어찌 5서클 마법사의 입에서, 그것도 새파랗게 어린놈의 입에서 나올 소린가.

"가진 놈이 더해!"

공주의 입에서 푸념이 절로 나온다.

아무튼 딕스의 놀라운 성장에 대해 공주는 당분간 함구하도록 다부진 목소리로 명령했다.

딕스가 우려했듯 그녀도 제국의 눈을 의식하고 있기 때문이다.

잠시 공주에게 섭섭함을 느꼈지만 그녀의 마음 씀씀이에 감동한 딕스는 그 감정을 모두 녹여 버렸다.

그렇다고 반군의 군자금에 대해서 알릴 생각은 없었다.

감사와 금전은 별개다.

한편, 딕스가 반군의 군자금을 중간에서 가로챈 덕분에 반군은 이중, 삼중의 고통을 겪으며 몰락의 길을 걸었다.

이처럼 상황이 좋아지자 공주는 딕스와 함께 왕궁으로 복귀했다.

대륙력 4247년 4월 ×일.

친제국파 귀족이 소유하고 있던 수도의 저택이 매물로 쏟아져 나왔다.

딕스는 이 중 하나를 싼 가격에 매입할 수 있었다.

구입 대금의 절반은 공주가 부담했다.

반군의 마법사 키드의 수급을 가져온 공에 대한 그녀의 작은 보답이었다.

현재 딕스의 전공은 비공식적이다.

공주와 공주의 수호 기사 스칼렛, 이 둘만이 그의 공을 알고 있다.

키드를 처치한 일이 알려지면 당장 국민적 영웅이 될 수 있지만 딕스는 그런 것에 연연해하지 않았다.

명성보단 안전이 최우선이기에.

“젤, 정말 괜찮겠어?”

딕스는 오랜만에 자신의 전담 시녀 젤을 만났다.

그녀의 나이 25세. 2년 못 본 사이에 그녀는 늙어 있었다.

물론 이 생각은 절대 입 밖으로 꺼내지 않았다.

사람들은 여전히 그녀가 예쁘다고, 농염하다고 말한다.

하지만 딕스의 여성관은 싱그로아에서 헬레나를 본 뒤로 확 바뀌었다.

여자를 보는 눈이 높아진 그의 미적 기준으로는 한때 마음을 들었다 놨다 했던 젤도, 엘리자베스 공주도 헬레나에 비하면 수준(?) 미달이다.

수줍은 미소를 띠며 젤이 딕스를 본다.

멋지게 성장한 주인이다.

자상하고 따뜻한 눈빛, 부드러운 미소, 달콤한 음성. 얼굴은 반항아적인 이미지의 미남자이고, 그 몸매는 탄탄한 남성 마네킹을 보는 듯하다.

그동안 요양소에서 어떤 관리를 받았기에 사람이 저리 변할 수 있을까? 참고로 딕스는 몸이 좋지 않아 2년간 요양소에서 치료를 받고 복귀한 것으로 되어 있다.

"괘, 괜찮아요. 전 딕스 님께 제 모든 걸 바치기로 오래전에 결심했었어요. 상관없어요. 마음대로, 마음대로 해주세요."

"후회, 후회… 안 할 거지?"

"…예."

"좋아, 그럼 젤, 널 내 저택의 하녀장으로 고용할게."

딕스는 넓은 정원이 딸린 큰 저택을 샀다.

이를 관리해 줄 사람이 필요했다.

믿을 수 있는 사람, 저비용으로 고용량의 일을 해줄 일꾼.

하지만 입맛에 딱 맞아떨어지는 사람 구하기가 어디 그리 쉬운가.

마음에 들면 임금이 비싸고, 싼 맛에 솔깃해 면접을 보면 게을러 보인다.

이리저리 재고 따지다 보니 딕스는 저택을 관리할 사람을 한 명도 뽑지 못했다.

이 소문을 전해들은 젤이 과감하게 왕궁 시녀 직을 그만두고 저택의 하녀로 일하겠다고 자청했다.

여자들에게 왕궁의 시녀 직은 고소득의 안정된 직업이다.

가뜩이나 공국은 취업난이 심각하다.

그런데 젤이 그 안정된 직장을 포기하고 자신을 위해 일하겠다고 제 발로 찾아왔다.

이 어찌 기쁘지 않겠는가.

“하녀장이요?”

“젤의 경력이라면 충분히 할 수 있어. 그리고 젤을 평 하녀로 두면 내가 더 미안하기도 하고.”

“감사해요, 주, 주인님.”

“어라? 호칭이 왜?”

“이제부터… 주인님이시잖아요. 앞으로 잘 부탁드려요.”

허연 가슴골을 한 손으로 가볍게 누르며 젤이 인사했다.

딕스의 눈에는 다른 건 아무것도 안 보이고 가슴만 보인다.

상상이 아니라 진짜 여자의 가슴이 눈앞에 있다! 음란마귀가 씌었나? 점점 여성에 대한 관심도가 높아진다.

솔직히 말하면 전체적으로 보고 싶지만 지금은 쓸데없는 데 심력을 소비할 겨를이 없었다.

지금 딕스의 머릿속을 가득 채우고 있는 것은 자신의 마법을 더욱 발전시키는 일이다.

제8장

오늘 할 일을 내일로 미루지 말라

딕스의 저택이 분주하게 돌아가고 있다.

내일 도착할 손님을 맞기 위한 준비를 하고 있기 때문이다.

하녀장 젤이 이리저리 바삐 돌아다니며 목소리를 높이자 그에 맞춰 사람들이 일사불란하게 움직인다.

현재 이 저택에서 젤은 권력 서열 2위다.

그녀는 이 저택의 집사도 겸하고 있다.

딕스는 식상한 집사 제도를 철폐(?)하고 집사의 권한을 젤에게 다 떠넘겼다.

그런데도 딕스는 젤에게 집사의 임금은 주지 않는다.

왜? 그녀의 공식 직함은 하녀장이니까.

직원의 고혈을 쪽쪽 빨아먹는 악덕 업주의 전형이다.

"젤, 나 요구르트랑 딸기 잼 듬뿍 바른 토스트 네 개 부탁해. 아! 삶은 계란 다섯 개랑. 요즘 입맛이 없어. 봄이라 그런가? 참, 어제 먹다 남은 돼지고기 안다리 살 있지? 그거 샐러드랑 버무려서 한 접시. 음, 아니다. 귀찮게 왔다 갔다 하면 비효율적이지. 음, 그냥 세 접시 갖다 줘."

그는 새벽 4시에 일어나 저택을 열 바퀴를 뛴다.

그냥 뛰는 게 아니라 전력 질주를 한다.

타인의 시선에 비친 그의 달리기는 꼭 오거를 피해 달아나는 사슴 같다.

장차 마법사가 될 그가 왜 달리기를 할까? 저택의 일꾼들은 이를 몹시 이상하게 여겼다.

하도 보다 보니 다들 이젠 그의 달리기에 무덤덤해졌다.

아니, 불편함을 느꼈다.

고용주가 저리 부지런을 떠는데 그에게서 월급을 받아먹는 고용인이 어찌 게으름을 피우겠는가, 이 불경기에!

다들 부지런히 바닥까지 박박 닦으며 주인의 눈 밖에 나지 않으려고 노력했다.

이는 비단 평 일꾼들만 그런 것이 아니다.

저택의 서열 2위인 젤 역시 죽을 맛이다.

그녀는 중간 관리자의 비애를 이 저택에서 뼈저리게 느끼고 있다.

샌드위치 같은 신세랄까? 젤은 궁전을 그만둔 것을 최근 들어 가끔 후회했다.

하지만 그때뿐이다.

딕스 덕분에 어머니가 살지 않았던가.

자신의 편의를 봐주고 병원비까지 대주었으며, 못된 귀족의 손에서 용감하게 자신을 구해주기까지 했다.

젤에게 딕스는 영원한 은인이자 백마 탄 왕자다.

"예, 주인님. 곧 가져다 드릴게요. 오늘은 식욕이 많이 없으시네요. 입맛 돋우는 음식을 저녁에 준비할게요."

딕스는 대식가다.

이는 그의 생활 습관이 지극히 바르기 때문이다.

잠시 딴 생각을 하던 딕스는 자신의 볼을 매만졌다.

왠지 홀쭉한 느낌이 들었다.

어차피 먹고살자고 사는 인생이다.

이 말, 좀 이상하지만 딕스의 철학 수준은 지금 여기에 머물러 있다.

"그럴까? 알았어. 저녁상 기대할게. 아, 입맛 없어라. 비싼 건 사지 마."

딕스의 절약 정신은 저택의 운영에서도 드러난다.

이 저택의 가재도구는 모두 중고다.

그것도 역적으로 참수된 귀족들의 물건이 대부분이었다.

보통 죽은 자의 물건은 잘 안 쓴다.

왜? 재수가 없으니까.

하지만 딕스는 그런 건 전혀 따지지 않고 싸다는 그 이유만으로 모조리 사들였다.

또한 고용인도 저택 관리에 필요한 숫자보다 약간 모자라게 뽑았다.

이 때문에 딕스의 저택에서 일하는 하인과 하녀는 다른 저택의 고용인보다 정확하게 1.25배의 일을 더 하는 시스템이었다.

여기다 주인이란 작자가 새벽부터 설쳐대니 고용인 입장에서 딕스는 진상 고용주였다.

테라스에 앉은 딕스는 흐뭇한 표정으로 고용인들의 움직임을 본다.

고용인들은 이를 감시라 여긴다.

'왕도 안 부럽네. 하하.'

젤이 음식 수레를 끌고 테라스로 나왔다.

식탁에 음식이 차려지자 입맛 없다던 딕스가 군침을 꿀꺽 삼킨다.

우물우물.

"동쪽 방은 깨끗하게 치웠지?"

"예, 주인님. 걱정 마세요. 아가씨께서도 분명 만족하실 거예요."

"우리 누나가 깔끔한 구석이 많아서 잔소리할지 몰라. 뭐,

젤이 척척 알아서 하겠지만."

신뢰가 듬뿍 담긴 딕스의 눈빛이 젤의 어깨를 더욱 무겁게 한다.

"다시 점검하겠습니다. 그럼 식사 편히 하세요."

"안 그래도 되는데. 뭐, 그렇게 하겠다니… 참, 아침은 먹었어?"

"아, 아뇨."

"먹고 해. 다 먹고살자고 하는 일인데."

시간을 줘야 밥을 먹지, 밥 먹을 시간도 없이 일해야 하는 처지에 어찌 편하게 아침을 먹겠는가.

딕스의 저택에 들어온 이후 젤은 엉덩이를 붙이고 밥 먹은 적이 손가락으로 꼽을 정도다.

그녀는 돌아다니면서 밥을 먹는다.

그게 좋아서? 절대 아니다.

일이 많아서 어쩔 수 없이 그리한다.

젤을 보낸 딕스는 우아하게 토스트 하나를 들고 테라스 난간으로 걸어갔다.

봄의 전령이 정원 곳곳에 알록달록 아름다운 색을 뿌려놓았다.

그 색에서 향기가 퍼지며 저택 곳곳을 싱그럽게 한다.

이를 흠뻑 들이킨 딕스는 환하게 웃었다.

'이 저택은… 내 저택이다! 움하하하.'

열두 살에 상경해 열여섯 살에 땅값이 금싸라기라는 수도에 집을 장만했다.

그것도 어디 보통 집인가! 후작이 살았던 대저택이다.

또한 장차 이 나라의 왕이 될 공주로부터 약속 어음(?)도 받았다.

그 선금의 일부가 바로 이 저택이다.

반은 자신이 부담했지만, 어쨌든 왕이 될 그녀가 훗날 크게 챙겨준다고 하니 이보다 더 든든한 투자가 또 어디 있겠는가.

고생 끝에 낙이 온다는 말이 과연 헛말이 아님을 딕스는 요즘 실감하고 있다.

한 가지 문제가 있다면 알리힐 공왕이 너무 건강하다는 것이다.

'십 년은 거뜬하시겠지?'

공주의 어음이 부도가 나지 않도록 도와야 하는 부담감은 있지만 어쩌겠는가.

그녀가 자신의 가족을 암중에서 챙겨준 것을 생각하면 그쯤이야 웃으면서 해줄 수 있는 일이다.

"형들, 열심히 해. 남자란 기회가 오면 잡아야 해. 그것도 남자의 능력이야."

딕스의 큰형과 작은형—딕스의 입김이 작용—은 왕실 수호 기사단에서 기사 수련을 받고 있다.

철저한 검증 과정과 믿을 수 있는 사람의 추천이 있어야만

들어갈 수 있는 초특급 바늘구멍!

그곳이 바로 왕실 수호 기사단이다.

일단 여기에 입단하면 출셋길이 대로처럼 열렸다고 보면 된다.

그런 곳에 그의 큰형과 작은형이 들어갔다.

엘리자베스 공주의 적극적인 추천에 힘입어서.

'밥 먹고 나도 수련에 들어가야지.'

딕스는 최근 하루의 대부분을 수련에만 전념하고 있었다.

5서클이 되고 보니 너무 어정쩡하다는 생각이 들어서였다.

가난뱅이보다 부자가 욕심이 많은 법이다.

현재 그의 목표는 20세 이전에 7서클 마법사가 되는 것이었다.

'마법사라면 그게 기본… 아이가.'

창대한 놈.

공국의 수도 카라힐.

딕스의 누나 미리아는 난생처음 고향을 떠나 수도까지 장거리 여행을 했다.

평민 여인이 홀로 여행하기 쉽지 않은 세상이다.

하지만 미리아는 평민이면서도 보통의 평민과는 다른 애매한 신분이다.

이는 그녀의 아버지, 로버트 카일의 현재 직분에서 그 이유를 찾을 수 있다.

페논 남작령은 공중분해 되어 왕실 직영지가 되었다.

그런데 그 왕실 직영지의 총관리자인 감독관을 미리아의 아버지, 즉 딕스의 아버지가 맡고 있다.

그의 출세에 공주가 개입했음은 말할 필요도 없다.

공주는 딕스가 밖에서 고생하는 동안 눈코 뜰 새 없이 바쁜 와중에도 그의 가족을 꼼꼼하게 돌봐주었다.

절반의 영주라 불리는 감독관을 아버지로 둔 미리아는 귀족가의 영애나 누릴 수 있는 보호를 받으며 수도에 도착했다.

"우와, 여기가 딕스의 집이라고요? 미켈, 봐요. 여기가 우리 딕스의 집이래요! 완전 구, 궁전이네요, 궁전. 호호."

페논의 기사 미켈.

딕스의 예지몽에서 미켈은 그의 누나와 결혼을 약속한 사이였다.

페논 남작령의 운명을 꿈에서 본 딕스는 두 사람이 사귀지 않길 바랐다.

만일 둘이 사귀게 되면 미리아를 수도로 부르는 데 제동이 걸리기 때문이다.

그러나 지금은 그런 걱정도 그의 뇌리에서 싹 사라졌다.

미켈을 향한 미리아의 눈빛과 목소리에 애교가 철철 넘친다.

미켈은 그녀의 관심과 애정이 부담스러운지 어색하게 고

개만 끄떡인다.

두 사람의 모습에서 누가 더 적극적인지 훤히 보인다.

"어서 오세요, 미리아 님."

정문 하인으로부터 연락을 받은 젤이 저택의 하인과 하녀들을 현관 양옆으로 쭉 세워놓고 그 중심에서 미리아를 환대했다.

미리아는 자신이 마치 대귀족가의 영애가 된 듯한 착각이 들었다.

예전에 영주관의 하녀로 일하던 시절, 영주의 가솔이 내려올 때마다 저 말단 하녀 자리에서 코가 땅에 닿도록 인사하곤 했었다.

그런데 지금은 입장이 바뀌어서 되레 인사를 받는 자리에 있다.

가끔 그녀는 이 현실이 꿈이 아닐까 싶어 제 살을 꼬집어보곤 했다.

오늘은 마리아에게 꿈이라면 영원히 깨고 싶지 않은 하루다.

"당신이 젤 씨군요. 반가워요. 미리아라고 해요. 딕스에게 말은 많이 들었어요. 아름다우시네요."

"감사합니다, 미리아 님. 주인님은 공주님의 부름을 받고 왕궁에 가셨습니다."

미리아는 남동생이 공주가 직접 불러 왕궁에 갔다는 말을 전해 듣고 뿌듯함을 느꼈다.

전에 고향에 내려왔을 때도 '출세했구나!' 라는 생각을 했지만, 수도에 막상 와서 보니 그냥저냥 출세한 게 아니라 엄청나게 출세했음을 피부로 느낄 수 있었다.

이 큰 저택에 하인과 하녀, 거기다 공주께서 직접 부르기까지.

'우리 딕스, 드래곤 됐네. 호호.'

그녀는 딕스의 승승장구를 진심으로 기뻐했다.

오빠 테일, 동생 마크도 지금 꿈의 엘리트 코스를 밟고 있다.

변변한 배경도 없던 집안이 갑자기 날개를 달고 하늘로 승천했다.

이 모든 일이 감사한 미리아다.

"방을 치워뒀습니다. 이쪽입니다, 미리아 님."

젤의 뒤를 따르며 미리아는 고개를 갸웃거렸다.

하녀로 일해본 자신의 경험으로는 저택의 규모에 비해 일하는 사람이 다소… 아니, 턱없이 부족해 보였다.

젤은 미리아의 고갯짓을 보고 그녀의 눈에 차지 않는 부분이라도 있나 싶어 긴장한다.

"마음에 드시지 않는 부분이라도 있나요, 미리아 님?"

"아, 아뇨. 그런 게 아니에요. 저, 일하는 사람이 너무 적은 것 같네요. 아까 보니 다들 표정에 피곤함도 역력해 보이고.

혹시 딕스가… 일을 힘들게 시키나요?"

미안한 표정을 얼굴에 가득 묻히며 미리아가 물었다.

깐깐한 주인 밑에서 일하는 심정을 미리아는 누구보다 잘 안다.

지난날 영주관에서 일할 때, 영주의 가솔이 가끔 수도에서 내려오면 하인과 하녀들은 하루에 10년씩 늙었다.

그런 경험이 있기에 미리아는 고용인들의 표정과 눈빛, 행동만 봐도 그들의 고용주가 어떤 인물인지 짐작할 수 있었다.

그런 점에서 봤을 때, 이 저택에서 일하는 사람들의 주인, 즉 자신의 막냇동생은 부끄럽게도 악덕 고용주일 확률이 99.9999퍼센트였다.

"아, 아닙니다. 주인님께서 얼마나 잘해주시는데요."

잘해주긴 잘해준다. 고용주의 입장에서 철저하게.

하지만 이런 속내를 어찌 고용주의 가족에게 고스란히 전하겠는가.

더욱이 젤은 저택을 총괄 관리하는 위치다.

젤은 극구 부인했다.

주변에 있던 고용인들의 관심이 두 사람에게 집중되었다.

자신들의 이야기가 거론되고 있었기 때문이다.

미리아는 고용인들이 일을 하면서도 이 대화에 촉각을 곤두세우고 있음을 단숨에 간파했다.

'휴우… 또 그 버릇이 도졌나?'

딕스의 가족만이 아는 그의 특이한 버릇 아닌 버릇이 있었다.

그것은 제 몸 편하면 주변을 신경 쓰지 않는다는 것이다.

"고, 고생이 많으시네요, 젤 씨."

모든 걸 이해한다는 마리아의 진심이 눈빛과 표정에서 고스란히 드러난다.

이에 젤과 주변에 있던 사람들이 내심 외친다.

천사 강림!

근로 환경 개선이 머지않았구나!

딕스는 한동안 지겹게 겪었던 일을 또다시 겪는다.

"정말… 딕스세요?"

"누나, 나 맞아. 내가 누나 동생 딕스야."

이젠 당연하게 거쳐야 할 수순처럼 느껴진다.

자신을 증명하기 위한 이 반복적이고 식상한 멘트가 말이다.

그래도 이게 어딘가.

너무 잘나서 스스로를 증명하는 이 상황이.

만일 반대의 경우라면 증명하는 자신이나 검증하는 상대나 둘 다 짜증 날 게 아닌가.

그의 현재 모습은 그가 꿈속에서 본 모습과 전혀 다른 얼굴과 체형이다.

꿈속의 딕스는 작고 평범하게 생긴, 밝은 시골 청년에 불과했다.

그러나 딕스는 지금 고치에서 깨어난 멋진 나비와 같다.

눈부시도록 아름답고 놀라울 만큼 강인한 데다 건강미까지 겸비한 나비!

사실 따지고 보면 그의 나비화는 전격의 파울의 영향이 지대하다고 아니할 수 없다.

첫째, 규칙적인 생활.

둘째, 끊임없는 수련을 통한 마나 활성화 상태—마나 마사지 효과—!

이 두 가지가 조화롭게 맞물려 현재의 딕스가 만들어졌다.

굳이 말을 붙이자면 자연 성형 미남이랄까?

"젤 씨, 정말… 저 잘생기신 분이 제 동생 딕스인가요? 왕실 마법부에 재직 중인 재능자… 딕스요?"

"미리아 님, 충분히 이해해요. 저도 처음 주인님을 봤을 때 깜짝 놀랐으니까요."

두 여인의 얼굴에서 절대 공감이 형성된다.

한쪽에 서 있는 기사 미켈도 딕스의 예전 모습을 알고 있는 터라 고개를 크게 끄덕인다.

'쓰읍, 바탕이 괜찮으니까 이렇게 성장한 거지. 바탕이 나빠 봐, 이리되나!'

과연… 그럴까?

"미켈 기사님, 오랜만이에요."

"오랜만입니다, 딕스 경."

딕스는 누나를 호위해 수도까지 온 기사 미켈을 눈여겨보았다.

보기 민망할 정도로 누나는 기사 미켈에게 애교를 떨었다.

'누나, 이랬던 거야? 이렇게… 저 녀석을 잡았던 거야?'

명색이 누나도 여자다.

여자면 여자답게 나비를 불러야지, 꽃이 뛰어가는 경우가 대체… 대체 어디 있단 말인가!

울컥.

'하여튼 작은형과 누나가 문제야.'

딕스가 보기에는 이성 문제에 있어 두 사람은 철저한 약자였다.

한 번 물면 절대 놓지 않는 악바리 근성!

연애에 있어서 두 사람은 초원의 못난이 하이에나를 닮았다.

딕스는 누나에 대한 기사 미켈의 마음을 확인하기 위해 그의 표정을 유심히 살폈다.

제발, 티끌만큼이라도 그가 누나에게 마음이 있길 빌어본다.

요리조리 뜯어 봐도 누나에 대한 미켈의 마음은 맑고 깨끗해 보인다.

예지몽에서 두 사람은 혼인을 약속했는데… 결정적인 계기와 시기가 아직 도래하지 않았나 보다.

그런데 결정적인 그 일이란 무엇일까? 설마 혼전에 사고를 치는 것은……!

갑자기 딕스의 혈압이 오른다.

누나가 의도적으로 사고를 치고 저 고지식한 인간—미켈—이 어쩔 수 없이 누나에게 끌려온 게 아닐까?

'…백이십 퍼센트다!'

이곳의 마도의 탑 안내원인 디테에게 푹 빠졌던 작은형을 억지로 뜯어말리지 않았다면 분명 사고가 터져도 대형 사고가 터졌을 것이다.

작은형만 생각했지, 저 불측하고 불온한 적극적인 여성계의 이단아를 방치하고 있었다.

그나마 기사 미켈의 품성이 바르고 성실해서 다행이다 싶다.

'에휴, 누나에겐 복이지.'

다른 사람은 몰라도 미켈이라면 매형감으로, 평범하기가 굴러다니는 자갈 같은 누나의 신랑감으로 최고일 것이다.

이참에 두 사람이 맺어질 수 있도록 적극적으로 방법을 강구해야 할까? 그러자니 자존심이 상한다.

못나도 가족인데, 하나밖에 없는 누나인데.

"하하하. 미켈 기사님, 애인 없죠? 와아, 두 분 이렇게 보니 굉장히 잘 어울려요!"

덤핑 처분!

딕스는 누나 미리아를 미켈에게 싼 가격에 넘기기로 결정했다.

이제 페논의 미래는 화창하다.

왕실의 적극적인 투자를 받고 있는 페논은 과거의 초라함에서 벗어나 멋진 영지로 탈바꿈하고 있었다.

장차 날개를 달고 하늘로 오를 영지, 페논!

그곳의 주인으로 비공식적이지만 내정된 인물은 딕스였다.

'흠, 그때쯤이면 미켈이 나의 기사가 되는 건가?'

딕스는 욕심이 많다.

그의 여러 가지 욕심 중 하나는 땅 욕심!

사실 페논은 투자만 제대로 받으면 꽤나 쓸 만한 영지다.

한데 페논의 전 영주는 사치와 허영이 심한 아내와 장남 때문에 영지에 대한 투자는 꿈도 못 꿨다.

과거에 페논은 초라한 영지에 불과했다.

하지만 지금은 왕실 직영지로 편입되면서 투자를 많이 받고 있다.

그 배후에는 공주가 존재했다.

'아버지, 열심히 하세요. 그게 다 우리… 아니, 제 겁니다. 헤헤헤.'

내 돈은 내 돈, 가족 돈은 가족 돈이다.

가족 간에도 짚고 넘어갈 건 분명히 짚고 넘어간다.

마음이 내켜서 가족에게 선심을 쓸 수는 있어도, 가족이라는 이름으로 무작정 자신의 돈을 축내게 하지는 않을 것이다.

물론 가족 중에도 예외는 있다.

'…엄마만 제외.'

딕스의 말에 기사 미켈은 단단한 표정으로 침묵했다.

현재 애인은 없지만 딕스의 누나와 엮이는 건 싫다는 뜻 같다.

눈치를 활성화한 딕스가 어찌 이를 모르랴.

속에서 순간적으로 욱하고 천불이 났다.

'후일 내가 페논의 영주가 되면 기사 미켈, 널 막 굴려줄 테다!' 라고 벼른다.

하지만 그전에 누나와 그가 사고 쳐서 부부가 된다면 출셋길은 열어줄 참이다.

'술을 먹이면 사고를 못 치는데. 아, 뭐가 좋을까?'

왠지 미켈이 아니면 누나는 평생 시집을 못 갈지도 모른다는 위기감이 들었다.

미래의 아름다운 자기 아내를 위해서라도 시월드에서 한 명은 제거해야 하지 않겠는가.

그래야 아내의 얼굴이 아름다움을 유지할 테니까.

스트레스는 만병, 노화의 근원이라지 않던가.

'꼭 누나의 문제만은 아니군. 흠… 다각도로 신경 쓸 문제네.'

대저택의 주인답게 딕스는 품위 있는 모습을 유지한다.

속으론 오만 가지 생각이 교차하고 소멸하지만 겉으로 보기에는 세련된 정통파 귀족의 모습이다.

왕궁 예절관에게 닦달을 당하며 배운 예절이 아직도 그의 몸에 배어 있다.

흠 잡을 데 없는 완벽함으로 딕스는 시골 기사 미켈의 기를 죽인다.

하지만 미켈은 전혀 영향을 받지 않고 무신경하게 앉아 있을 뿐이다.

사람인지 석상인지 모를 정도다.

그리고 이런 미켈을 생선 가게 앞 고양이처럼 꼬리를 살살 흔들며 미리아가 바라본다.

'무, 무섭잖아! 누나.'

이것은 딕스의 진심이었다.

"미켈 기사님, 제게 하실 말씀이?"

저녁 식사를 끝낸 후 미켈이 딕스에게 정중히 독대를 청했다.

딕스는 자랑하고 싶은 자신의 서재로 미켈을 데려갔다.

이 서재를 꾸미는 데 자그마치 200골드를 들였다.

물론 장식용은 아니다.

이곳에 보관 중인 책은 딕스가 틈틈이 보는 것들이다.

무려 3,000권에 육박하는 장서량.

책값만 해도 200골드로는 어림도 없다.

책도 다 중고라서 200골드로 서재를 꾸미고 책도 꽉꽉 채울 수 있었다.

이 서재에서 유일하게 새것은 딕스가 앉아 있는 의자다.

"로버트 감독관님께서 경께 편지를 보냈습니다. 일단 읽어 보시지요."

"아버지가요?"

딕스는 깜짝 놀랐다.

아버지가 자신에게 편지를 보내다니 내일 아침 해는 분명 서쪽에서 뜨리라.

힘들면 집으로 내려오너라.

'이건 쪽지인데… 편지 아닌데.'

엄청난 내용을 기대한 건 아니다. 그래도 그렇지. 달랑 한 줄이라니.

아버지가 무뚝뚝하다는 건 알았지만 설마하니 편지까지 이리 무뚝뚝할 줄이야.

역시 아버지다.

딕스의 입에서 웃음이 실실 새어 나온다.

짧은 편지의 내용이 이상하게 웃음을 유발한다.

그리고 마음이 이상하리만치 시큰거린다.

"다른 말씀은 없으셨습니까?"

편지만 전해주기 위해 독대를 청하지는 않았을 것이란 생각에 딕스가 물었다.

편지라면 누나를 통해 전해줘도 될 일이다.

그런데도 미켈 편에 아버지가 편지를 보낸 것은 다른 목적이 있음이 분명했다.

"있으셨습니다."

역시 딕스의 짐작이 맞았다.

"말해보세요."

"토르네 전 영주님의 가족 분들을 보살펴 달라는 전언이 계셨습니다."

딕스의 아버지 로버트에게 토르네 전 영주는 주군이다.

현재 페논의 감독관인 로버트는 그 주군의 자리에 앉아 있는 셈이다.

로버트의 성격상 용납되지 않는 상황이다.

그럼에도 로버트가 페논의 감독관이 된 것은 공주의 명령이 있었기 때문이었다.

페논의 기사이기 이전에 로버트는 공국인이다.

어찌 공주의 명령을 거역하겠는가.

"아버지는 어떠십니까? 지금의 일에 잘 적응하고 계십니까?"

아들이 어찌 아버지의 성격을 모르겠는가.

배후에서 공주를 움직여서 아버지로 하여금 페논의 감독관에 앉도록 꾀를 낸 건 바로 딕스였다.

"처음에는 몹시 힘들어 하셨습니다. 하지만 지금은 나날이 발전하는 페논의 모습에 기뻐하시며 전력을 다해 일하고 계십니다."

"고향에 대한 애착도 깊은 분이시죠. 아마 그럴 것이라 예상은 했습니다, 미켈 기사님."

"예."

"아버지는 미켈 기사님을 예전부터 든든하게 생각하셨습니다. 미켈 기사님도 아시다시피 지금 저희 형제는 다들 객지에 나와 있습니다. 저희의 자리를 대신해 미켈 기사님이 아버지의 든든한 아들 역할을 해주셨으면 합니다. 부탁드리겠습니다."

한때 딕스에게 엄하고 고지식한 아버지는 원망의 대상이었다. 가까이 다가갈 수 없는 무서운 존재였다.

하지만 지금 생각해 보면 아버지는 원망의 대상도, 무서운 존재도 아니었다.

자신의 자리에서 치열하게 최선을 다해서 살아가는 많고 많은 가장 중 하나일 뿐이었다.

어머니를 생각하면 무조건 가슴이 뭉클해지는데, 지금은 아버지를 생각하니 가슴이 찡하다.

부모님에게 있어 자신도 이랬지 않을까 싶었다.

"저도 로버트 감독관님을 존경합니다. 딕스 경, 염려 마십시오."

"감사합니다, 미켈 기사님. 그리고 아버지껜 제가 그리할 거라고 전해주십시오. 그러니 다른 걱정 마시고 일에 전념하시라 전해주십시오."

재산도 지위도 몽땅 잃은 레이첼, 그녀의 도도한 얼굴이 어찌 변했을지 갑자기 궁금해진다.

또 한 명이 떠오른다.

'어라! 그러고 보니 그 개자식을 잊고 있었잖아. 먼지 같은 존재감이라서 기억도 잘 안 나네.'

데일 데 페논!

그 녀석을 밟아주지 못했다.

백사장에 떨어진 바늘 찾기보다 더 어렵더라도 기필코 그 먼지를 발굴(?)하리라.

그리고 놈에게 지옥의 맛을 보여주리라.

은혜는 가볍게, 원수는 무겁게 하라!

아버지가 아니었다면 깜빡할 뻔했다.

한데 고맙게도 이리 챙겨주시니 아들 된 도리로 어찌 이를 그냥 넘어가겠는가.

미켈은 딕스에게서 언뜻 살기를 느꼈다.
그 끔찍한 기운에 미켈은 전신이 떨렸다.
어찌 5서클 마법사 본신의 살기를 일개 평기사가 버틸까.
그 순간 미켈은 일이 잘못됐다고 느꼈다.
굶주린 사자에게 발을 다친 영양의 보금자리를 알려준 셈이 되었다.
잡아먹으라는 게 아닌데… 돌봐주라는 건데.
어찌 미켈이 딕스의 마음을 알까. 아무도 그의 마음을 모른다.

아침을 일찍 먹은 딕스는 시내 쇼핑센터를 찾았다.
그가 제일 처음 들른 곳은 마차 판매소다.
그 매장은 수도에서도 유명한 곳으로 어지간한 귀족가라면 여기의 마차 한두 대는 기본으로 구비하고 있다.
대당 마차 가격은 최하 3,000골드!
돈 있는 사람만 찾는다는 그 고급 매장 안에 딕스는 당당히 발을 들였다.
"어서 오십시오, 고객님."
"여기 점장님 좀 뵐 수 있을까요?"
딕스의 말투는 상대의 귀천을 따지지 않고 항상 정중하다.
말 한마디 곱게 하면 상대의 마음이 풀어지고 거기서 진심어린 친절이 나옴을 알기에.

그런데 대부분의 사람들은 이를 알고도 무시한다.

허세와 거만은 인생에서 장애를 초래하는 독소일 뿐이다.

종업원의 얼굴에 잠시 이채가 스친다.

이곳을 찾는 손님들은 대부분 종업원을 하등한 인간으로 취급하며 아예 쳐다보지도 않는다.

오만한 그들에게서는 인사에 대한 가벼운 답례조차 듣기 어려웠다.

인격적인 무시를 당하는 경우가 일상다반사였던 종업원에게 그날의 첫 손님인 딕스는 그래서 특별하게 보인다.

"이쪽으로 오세요."

일반실과 고급실이 매장 안에 나뉘어 있었다.

딕스는 실적이 없는 손님이라 고급실을 이용할 수 없었지만 친절한 한마디에 그는 고급실로 안내받았다.

복은 이처럼 사소하게 찾아오는 법이다.

"고마워요."

"차라도 한 잔 내드릴까요?"

"차는 됐고요. 요구르트 있나요?"

딕스의 인생 마인드는 남자다, 사회인이다.

하나 그의 취향은 아직 단것을 좋아하는 16살 소년에 머물러 있다.

뭐, 몸이 원하니 어쩔 수 없다.

"예, 준비해 드리겠습니다."

친절한 종업원이 나간 뒤 요구르트가 배달되었다.

곧이어서 매장의 점장이 들어섰다.

점장은 들어오자마자 딕스의 위아래를 재빨리 살폈다.

번개 같은 솜씨라 상대가 자신을 스캔(?)했는지조차 느낄 수 없다.

딕스 역시 이를 눈치채지 못했다.

'이 녀석은 왜 여기 있지? 여긴 고급실인데.'

점장은 기분이 상했다.

손님을 볼 줄 모르는 부하 직원의 아둔함에 단단히 교육을 시켜야겠다고 별렀다.

그래도 명색이 영업자다. 속과 겉이 따로 존재한다.

스마일.

"반갑습니다. 저는 이 매장의 점장입니다."

"아, 예. 반가워요. 다른 게 아니라 마차를 한 대 사러 왔습니다."

긴말 필요 없다.

오늘은 날 잡고 일찍부터 서둘렀다.

그러니 빨리빨리 일 처리를 해야 한다.

"아! 그러십니까?"

'보아하니… 삼십육 개월 할부 같군.'

점장의 입과 마음이 따로 논다.

"제 어머니께서 마차 멀미가 심하십니다. 그래서 침대처럼 편안한 마차가 필요합니다."

"음… 모친께서 멀미를 어느 정도로 심하게 하십니까?"

"제팬-4246 마차 아십니까?"

"예, 타사의 최신형 제품이죠. 설마… 그 마차를 타고도 멀미를 하십니까?"

딕스를 대하는 점장의 태도가 달라진다.

제팬-4246 마차를 탈 정도의 재력가 집안이면 충분히 고급실을 이용할 수 있는 손님이다.

이제 점장에게 딕스는 고객 중의 고객이 되었다.

진지한 점장의 태도에 딕스는 무겁게 고개를 끄덕였다.

이곳에서도 어머니를 위한 마차를 구입할 수 없을 것 같은 불안감이 엄습했다.

자식이 부모를 찾아뵈어야 하지만 여러 사정상 딕스는 잠시도 수도를 떠날 수 없었다.

그는 현재 24시간 긴급 출동 대기조라고 보면 된다.

'너무 잘나도 불효구나.'

그러니 어머니가 편하게 오실 수 있도록 좋은 마차를 구입하려는 것이다. 아무리 비싸도 상관없다.

이번에 누나 미리아가 혼자 올라온 것도 어머니의 마차 멀미가 심해서다.

딕스는 어머니에게 마차 멀미가 있다는 것을 이번에야 알았다.

"그렇습니다."

"음… 기존에 출시된 저희 코아 제품 중에도 고객님이 찾으시는 마차는 없습니다. 하지만……."

점장의 말에 딕스는 실망감을 느꼈다.

공국에서 마차라면 쌍벽을 이루는 코아에도 침대처럼 편안한 마차가 없다면 어머니에게 선물해 드릴 마차가 공국에는 없는 셈이다.

그럼 눈을 외국으로 돌려야 한다.

이왕이면 국산품을 이용하려 했건만.

'애국하기 힘드네.'

국산품 애용. 말로만 하지 말고 제품을 수입산처럼 만들라!

왜 이 간단한 걸 못할까? 공방들이여, 제발 구걸의 자세를 버려라.

딕스는 한숨과 함께 투덜거린다.

"…하지만?"

"특별 주문 제작으로 고객님이 원하시는 제품을 만나보실 수 있습니다. 문제는 금액 부분인데……."

"얼마입니까?"

딕스는 망설이지 않았다.

어머니를 위한 일인데 돈이 얼마가 들든 대수랴.

그깟 돈! 적어도 어머니의 이름 앞에서는 딕스가 그리 좋아하는 돈도 그깟 것에 불과하다.

"기존에 출시된 마차의 옵션을 다 장착하면… 최소 팔천 골드입니다. 이는 고객님의 어머님을 직접 뵈어야 알겠지만 추가로 한 이천에서 삼천 골드는 더 생각하셔야 할지도 모르겠습니다. 이것도 최소한으로 잡은 가격입니다."

8,000골드!

공식적인 딕스의 연봉은 500골드로 마차의 가격은 딕스의 연봉 2년치였다.

참고로 딕스의 현 재정 상태는 이렇다.

전격의 파울에게 쫓겨 다니는 동안 그 노력을 가상히(?) 여긴 공주가 봉급 외에 보너스를 매달 그의 통장에 입금해 주었다.

그 총금액이 3만 6,000골드.

얼마 전 반군의 군자금을 중간에서 가로챈 게 무려 600만 골드.

거기다 부동산으로 지금 살고 있는 저택이 있고, 공주에게서 국가가 적극적으로 밀어주는 상단에 대한 이야기를 듣고 그 상단의 지분을 확보하기 위해 100만 골드를 투자했다.

더 투자하고 싶었지만 어디서 이 정보가 샜는지 100만 골드도 겨우 투자할 수 있었다.

'노른자 정보는 항상 위에서 다 챙긴다니까. 칫!'

이 바닥이 원래 그렇다.

모르긴 몰라도 공왕, 공주, 재상을 비롯해 각 장차관급 인사들이 줄줄이 그 상단의 지분을 확보했을 것이다.

그러니 그 상단은 무조건 재벌 상단이 될 수밖에 없는 구조다.

왜? 상단이 망하면 같이 망하니까 무조건 밀어주지 않겠는가.

특혜 상단은 이렇게 만들어지는 것이다.

"점장님……."

딕스가 목소리를 깔자 점장은 그가 가격을 깎으려는 수작을 부리려는 것으로 생각했다.

하지만 딕스는 그럴 생각이 전혀 없었다.

다른 사람도 아니고 어머니에게 드릴 선물에 쩨쩨하게 굴고 싶지 않았다.

"가격 조정은 좀……."

"아, 아닙니다. 제 어머니께서 그 마차를 타고 멀미를 하지 않으신다면 이만 골드를 드리겠습니다. 그것도 일시불로요."

"허억!"

"그리 놀랄 필요 없습니다. 대신, 제 어머니께서 그 마차를 타고 멀미를 하신다면 전 귀사에 변상을 청구하겠습니다."

딕스는 옆에 있는 종이와 펜을 가져왔다.

인생은 계약서로 말한다.

말? 그런 건 쓸모없다. 오래도록 남는 건 서류다.

한참을 고민하던 점장이 비장한 표정으로 서류를 작성했다.

서류를 꼼꼼하게 훑어본 딕스는 만족한 표정으로 점장과 악수를 나눈 뒤 매장을 나섰다.

딕스는 문득 아버지가 떠올랐다.

'아버지의 낡은 구두는 새 구두로 바뀌었을라나?'

딕스의 발길은 어느새 복합 의류 매장으로 향한다.

"어서 오십시오, 고객님."

점원에게 인사를 하려는데 이상하게 입이 떨어지지 않는다.

딕스는 두 눈 딱 감고 부모님의 사계절 옷과 구두, 액세서리 등을 모조리 구입하기로 작심했다.

그렇게 폭풍 쇼핑을 하던 딕스는 감사해야 할 사람들의 명단이 떠올랐다.

'그래, 질러보자. 다 내 사람들인데.'

데일 데 페논!

그 먼지 같은 개자식을 패주러 딕스가 강림했다.

딕스는 영업용 마차비가 아까워 매장 택배 마차의 짐칸을 타고 여기까지 왔다.

스읏.

부자는 망해도 3년을 간다고 했다. 그런데 페논가는…….

'뭐지? 이 불량하고 초라한 거리는?'

빈민가.
가난에 찌든 자들이 이곳에 모여 산다.
내일이 없는 자들이 이곳에서 근근이 버티고 산다.
사람들의 표정은 어둡고 눈은 다들 퀭하다.
아이들은 이른 새벽에 일을 나갔던 부모가 돌아올 때 그 손에 음식 봉지가 들려 있기를 하루 종일 학수고대한다.
그러나 부모가 빈손으로 돌아오면 그 하루의 기대가 와르르 무너진다.
자식의 실망한 표정과 배고픔에 부모의 심정은 찢어지는 듯하다.
이런 일상의 슬픔이 뭉쳐져서 거대한 빈민가를 1년 내내 짓누른다.
벗어날 수 없는 가난. 희망 없는 내일.
그래서 이 거리는 초라하고 불량하다.
"어이, 형씨!"
먹잇감을 발견한 들개처럼 껄렁한 표정의 사내아이들이 모여든다.
녀석들이 먹잇감으로 점찍은 사람은 바로 딕스다.
"지금… 절 부른 건가요?"
머리에 피도 안 마른 것들이 여럿이라고 목과 어깨에 힘을 준다.
기껏해야 열세 살에서 열다섯 살 정도밖에 안 돼 보이는 사내아이들이다.

딕스는 열두 명의 아이들에게 포위당했다.

그중에는 조악한 단검을 들고 있는 녀석도 있었다.

평범한 사람에게 이는 위협적일 것이다. 하지만 딕스는 평범하지 않다.

놈들은 지금 엄청난 벌집을 건드리려 하고 있었다.

"너, 이 동네 사람 아니지? 저 거리 너머 사람이지?"

거리가 사람의 등급을 매긴다.

참으로 슬픈 현실이다.

자신의 꿈을 위해 노력해야 할 나이의 아이들이 가난이란 마물에 잡아먹혀 자신에게 주어진 소중한 시간을 허비하고 있다.

그러나 그런 줄도 모르는 가련한 아이들.

"음, 제가 댁보다 나이가 더 많은 것 같은데 초면에 그리 반말하면 안 되죠. 하하."

아이들의 행동이 같잖다.

저 꿈도 희망도 없는 아이들과 잠시 놀아주는 것도 공국의 녹을 받는 관료로서 해야 할 일일 것이다.

친절한 관료 모드로 딕스는 아이들을 대한다.

"얘들아, 들었어? 저 부자 나리께서 초면에 반말하면 안 된대. 사내새끼가 계집애처럼 말해. 킥킥킥."

"그러게, 제국에는 내시라는 거시기가 없는 남자들이 있다고 하던데 저 녀석도 그런 남자가 아닐까?"

"정말? 한번 벗겨볼까?"

어디서 주워들은 이야기는 있어 가지고. 그런데 그게 없는 남자라니? 그 모습이 어떨지 궁금하긴 하다.

자신도 이럴진대 대가리에 피도 안 마른 저 겁 없는 애들이야 오죽할까 싶다.

하지만 감히 자신을 그거(?) 없는 남자로 만들다니.

"너희, 그러면 이 형아한테 뒈지게 처맞는다."

머~엉.

얌전한 샌님처럼 굴던 딕스가 갑자기 험한 말을 내뱉자 아이들은 황당한 표정을 지었다.

그러나 여럿이 모이면 없던 용기도 샘솟는 법이다.

"이 새끼, 정신 못 차렸네. 남의 동네에 왔으면 찌그러져 있어도 봐줄까 말까인데, 뭐? 뒈지게 처맞아? 야, 안 되겠다. 이 자식 잡아!"

무리에는 꼭 우두머리가 있다.

그리고 우두머리는 항상 표가 난다.

아이들 세계에서 우두머리를 맡는 아이는 덩치가 유난히 크다.

딕스는 주변을 둘러보았다.

행인들이 많았지만 이런 일은 다반사인 듯 사람들은 힐끔 쳐다보기만 할 뿐 끼어들려고 하지 않았다.

어떤 사람이 다가와 아이들을 타일렀지만 아이들은 콧방귀를 뀌면서 오히려 협박해서 쫓아냈다.

이 모습에 딕스는 작심하고 아이들을 혼내주기로 결정했다.

“동네 분위기 흐려지니 저기로 갈까, 어린 네가지들아?”

딕스는 앞장서서 골목길로 들어갔다.

그의 당당함에 아이들은 어이가 없다는 표정을 지었다.

아이들의 표정은 곧 분노로 바뀌었다.

“씹새, 오늘 뒈졌어!”

아이들의 우두머리가 욕설을 내뱉으며 무리를 이끌고 골목으로 따라 들어섰다.

딕스는 열두 명의 얼굴을 스윽 훑어본 뒤 악마도 깜짝 놀랄 미소를 입가에 지었다.

“오늘 죽었다고 복창해라, 삐딱한 꼬맹이들!”

으드득.

아이들은 딕스의 마법에 순식간에 제압당했다.

난생처음 겪어보는 마법의 막강함에 아이들은 얼이 빠졌다.

모두들 건드리지 말아야 할 인물을 건드렸다는 사실을 뒤늦게 깨달았다.

하지만 안타깝게도 이미 사자의 코털을 뽑은 때늦은 깨달음이었다.

성난 사자, 아니, 딕스는 아이들을 잘근잘근 밟기 시작했다.

오랜만에 딕스는 풋풋한 동심으로 돌아간다.

"네가 나 보고 욕했지! 이 어린놈의 시키."

퍽퍽퍽퍽.

마법에 걸려 옴짝달싹도 못 하는 아이들은 인간 샌드백에 지나지 않았다.

딕스는 12개의 샌드백을 골고루, 편애 없이 두들겨 팼다.

"아아아악!"

"살려주세요, 살려주세요!"

"걱정 마, 안 죽여!"

퍽퍽퍽퍽퍽!

"아, 악마다!"

"으아아아아!"

아이들의 비명이 쉬지 않고 터졌다.

동심이 제대로 돈은 딕스의 몽둥이는 여전히 활발하게 움직인다.

시간이 흘러 어느새 노을이 빈민가를 뒤덮었다.

누구에게나 공평한 자연.

"아이 씨, 해 떨어졌네."

동심에서 그제야 벗어난 딕스.

두 손을 탁탁 털고 돌아선 딕스의 뒤로 짓이겨진 아이들이 아무렇게나 널브러져 있었다.

멀쩡한 구석이 한 군데도 없는 아이들이다.

제9장

헬레나급 레이첼!

삐그덕 삐그덕, 둘둘둘둘, 끼익, 삐걱삐걱.

"이 소린……?!"

처음에는 낡은 경첩이 몸살을 앓는 소리라고 딕스는 생각했다.

멀쩡한 경첩 보기가 하늘의 별 따기일 것 같은 빈민가라 무심히 흘리려 했다.

하지만 호흡을 가다듬는 짧은 순간에 그 소리가 경첩의 몸살이 아님을 알게 되었다.

이건 낡은 물레 돌아가는 소리였다.

늦은 밤, 흐릿한 달빛 아래에서 어머니가 잠을 쫓으며 돌리던 물레의 노래였다.

누군가는 이 소리가 시끄럽다고 하겠지만 딕스에게는 추억이자 그리움이었다.

쇠망치로 뒤통수를 맞은 듯 멍멍한 정신으로 딕스는 물레 소리를 따라갔다.

초라하고 조악한 닭장 같은 판잣집이 그의 눈앞에 나타났다.

창문이라고 해야 할지, 구멍이라고 해야 할지 모를 곳을 천 하나가 가리며 창문 겸 커튼 역할을 하고 있었다.

살짝 안을 들여다보니 차분한 느낌의 아름다운 젊은 여자가 달빛에 의지해 낡은 물레를 돌리고 있었다.

몹시 낡은 물레.

딕스는 어머니가 쓰시던 물레보다 더 낡은 물레가 아직도 있다는 데 놀랐다.

삐그덕, 삐걱삐걱… 둘둘둘.

딕스는 한참을 넋을 놓고 물레 돌리는 젊은 여자를 응시했다.

얼굴은 정확하게 볼 수 없었다.

딕스가 있는 자리에서는 그녀의 옆모습만 보였다.

겨우 옆모습만 봤을 뿐인데 딕스는 태초의 세상이 저기 있는 듯한 착각이 들었다.

얼마쯤 지났을까? 험상궂은 인상의 사내들이 그 집으로 들이닥쳤다.

정신없이 여자를 바라보던 딕스는 이들이 소란을 피우자 그제야 꿈에서 깨어났다.

우악스러운 사내들의 꼬나보는 시선에 딕스는 무심결에 한쪽으로 물러섰다.

'어랏? 내가 왜 비켰지?'

사내들은 그 집 현관문을 발로 뻥뻥 걷어찼다.

문이 열리기 전에 문짝에 구멍이 나든 아니면 문짝이 안으로 넘어질 것 같았다.

쾅쾅쾅!

딕스는 어지간하면 남의 일에는 간섭하지 말자는 주의다.

그러나 지금은 어머니의 물레 소리를 연상시키는 소리를 들은 후라 그런지 저 우악스러운 사내들의 행동이 몹시 마음에 들지 않았다.

'저 새끼들… 이상하게 열 받게 만드네.'

꼭지 돈다!

하지만 남의 일이다.

자신이 관여할 일이 아니다.

그런데 사내들의 행동이 딕스의 화를 돋우다 못해 분노의 도화선에 불을 지폈다.

그때 조악한 문짝이 열리면서 한 여자가 나왔다.

물레를 돌리던 바로 그 여자였다.

달빛을 머금은 여인의 얼굴은 신비로우면서도 고혹적이었다.

아름다운 여인의 출현에 우악스러운 사내들 역시 한순간에 순한 양이 되었다.

그러나 그것도 잠시뿐이었다.

"레이첼, 오늘이 약속한 날이다. 원금과 이자는 준비됐겠지? 아니면 전에 경고한 대로 널 주인님께 데려갈 것이다."

여인의 모습에 잠시 정신을 놓았던 딕스는 사내의 말에 너무 놀라 뒤로 나자빠질 뻔했다.

'레이첼이라니… 설마 저 여자가 내가 알던 그 레이첼?'

딕스의 마음은 한바탕 태풍이 휩쓸고 지나간 듯 어지러워졌다.

그는 두 눈을 빡빡 비비고 여인을 다시 보았다.

'그럼 여기가……?'

보고도 믿을 수 없었다.

예전에 알던 레이첼과 지금의 레이첼이 같은 사람이라는 게 믿기지 않았다.

딕스는 주변을 둘러보았다.

부러진 커다란 고목나무와 그 옆의 쪼개진 호박처럼 생긴 큰 바위를 확인한 그는 급히 품속에서 종이를 꺼내 펼쳤다.

이곳은 데일의 집이다.

그렇다면 저 여자는 레이첼이 확실하다.

'뭐, 뭐야? 그녀도 나처럼 마스터에게 쫓겨 다녔던 거야?'

서민들에게 제일 무서운 것은 마스터도, 마법사도 아니다. 바로 사채업자다.

사채를 써본 적도, 사채업자에게 닦달당해 본 적도 없는 딕스가 어찌 그 고충을 알겠는가.

아무튼 딕스는 모든 면에서 엄청나게 변한 레이첼로 인해 잠시 깊은 충격에 빠졌다.

싱그로아의 미녀들을 대표하는 헬레나가 있다면 뮬에는 레이첼이 있다.

딕스는 자신 있게 이 말을 할 수 있었다.

여자의 변신… 그 끝판을 보여준 레이첼!

"뭐? 봐달라는 것도 한두 번이야. 안 돼!"

험악한 목소리가 상념에 젖은 딕스를 때려 깨운다.

백마 탄 왕자가 등장하기에 딱 적절한 타이밍이다.

참으로 식상하고 오글거리는 상황이 아닐 수 없다.

책 속에서 이런 묘사가 나오면 그는 미친 듯이 책장을 넘겨버리곤 했었다.

왜? 싫으니까, 식상하니까, 비현실적이니까.

한데 이 순간 그 식상한 소설의 주인공이 되어보고 싶은 딕스다.
두근두근.
딕스는 심호흡을 해 흥분된 마음을 진정시켰다.
그렇게 마음을 다 잡고 나서려던 딕스는 한 발도 떼지 못했다.
그보다 먼저 나선 이가 있었기 때문이다.
열린 문으로 한 남자가 나왔다.
'유, 유부녀?'
딕스는 하늘이 와르르 무너지는 듯했다.
평생 처음 백마 탄 왕자가 되어보려고 했다.
식상한 캐릭터인 용사가 되어보려고 했다.
딕스가 이런 마음을 먹은 건 손꼽을 정도다.
한데 '레이첼 = 유부녀' 라는 공식의 침공으로 그 결심이 무용지물이 되고 말았다.
충격을 받아 비틀거리는 그의 귀에 그 남자의 목소리가 들렸다.
그 소리가 딕스를 안심시켰다.
"내… 내 따을 거드지 마래!"
병든 중년의 남자였다.
그 남자의 말투는 몹시 부정확했다.
내 딸을 건들지 말라고 하는 듯했다.
남자의 음성은 마치 겨울날 마지막 남은 잎사귀처럼 힘이 없었다.

"영감탱이는 얌전히 있어. 당신 딸이 우리 주인님께 시집 오면 당신도 좋고 당신 딸내미도 좋잖아. 한때 영주고 귀족이었던 게 다 무슨 소용이야. 인생은 현실이야, 현실. 자, 그러니 레이첼, 반항하지 말고 얌전히 우리를 따라 주인님께 가자. 아니면 네 오빠가 진 빚을 이 자리에서 당장 갚든가."

당장 먹고살기도 막막한 부녀에게 거금을 갚으라는 사내.

그들도 이 집의 처지를 뻔히 알고 있었다.

그럼에도 이리 나오는 것은 이들의 목적이 돈을 받아내는 게 아니라 레이첼을 자신들의 주인에게 데려가려는 것이기 때문이다.

그러기 위해 이들은 실의에 빠진 데일을 도박에 빠뜨리고 고금리의 사채에 손을 대게 만들었다.

사채는 사돈의 팔촌까지 땡전 한 푼 없는 거지꼴로 만들어야 겨우 헤어날 수 있다.

아니면, 죽음으로.

데일은 그 무시무시한 돈을 겁도 없이 썼고, 뒷감당을 할 수 없자 비겁하게도 야반도주를 했다.

그래서 데일의 여동생 레이첼이 오빠의 빚을 떠안게 된 것이다.

딕스는 데일에 대해 다시 한 번 크게 분노했다.

'지금은 그녀를 구하는 게 먼저지.'

마음을 가다듬은 딕스는 앞으로 나섰다.

주민들은 걱정과 불안감을 드러내며 사채업자 수하들의 동태를 지켜보았다.

이 동네에 사는 사람치고 사채업자에게 당하지 않은 자가 없다.

그래서인지 지켜보는 사람들은 하나같이 자라목이다.

레이첼의 아버지, 토르네 전 영주가 딸을 향해 다가가는 사내의 바짓가랑이를 불편한 몸으로 붙잡고 늘어졌다.

"아 되다, 아 되다… 나르 주기라!"

레이첼은 아버지의 절박한 행동에 송곳 같은 슬픔을 느꼈다.

저들에게 두려움을 보이지 않기 위해 그녀는 마지막 자존심을 일으켜 꿋꿋이 버티려고 했다.

하지만 아버지의 모습을 보니 그 마음은 갈가리 찢겨 흩날리고 말았다.

참으려 했던 통한의 눈물이 그녀의 뺨을 적시며 소리 없이 흘러내렸다.

오늘 저들에게 끌려가면 어떤 삶이 기다리고 있을지 그녀는 훤히 알고 있었다.

얼굴 반반한 여자들은 창녀촌이나 노예로 팔려간다.

남자는 광산에서 평생 허리 한 번 펴지 못하고 일하다가 죽어서야 자유의 몸이 된다.

아마 그녀는 다른 여자들보다 좀 더 돌아가는 막막한 인생이 되리라.

늙은 사채업자의 첩이 되었다가 싫증이 나 버림받으면 뒷골목 사창가에서 몸을 팔게 되겠지.

'억울해, 분해. 왜… 왜 오빠 때문에 내가 이렇게 되어야 하지.'

한 번 터진 그녀의 눈물은 멈추지 않았다.

그녀의 가문은 망하긴 했지만 먹고살 재산은 남아 있었다.

어머니가 정신을 차렸다면, 오빠가 도박에 빠져 사채를 쓰지 않았다면 네 가족이 평생 먹고살 걱정은 없었다.

그러나 과거 삶의 방식을 버리지 못하고 허영과 사치를 일삼던 어머니와 실의에 빠져 정신을 차리지 못한 오빠로 인해 재산은 물론 아버지의 건강마저 잃고 말았다.

가족이란 사람들이 서로 보듬어주지는 못할망정 깊은 절망과 뼈아픈 상처만 주었다.

레이첼은 숨이 턱턱 막혔다.

매일 그녀는 감았던 두 눈을 떴을 때 현실이 아닌 다른 세상이 보였으면 하고 간절히 바랐다.

하지만 매일 아침 눈뜰 때마다 기다리고 있는 건 변함없는 비참한 현실이었다.

새로운 세상을 간절하게 바라는 자일수록… 그에게 현실

은 언제나 잔혹하고 처절한 법이다.

레이첼이 사내들의 손에 붙잡혔다.

그 불행의 손길에 그녀는 버티지 못하고 휘둘렸다.

반항하지 못했다.

병든 아버지의 가슴을 한 발로 짓누르고 흉악하게 웃는 사내의 눈과 마주치는 순간, 그녀는 자신을 포기할 수밖에 없었다.

혀를 깨물고 죽으리라.

그렇게 결심했지만 차마 아버지 앞에서는 그리할 수 없었다.

이 길이 아버지와의 마지막이 되리라.

레이첼은 아버지의 기억에 자신의 마지막 모습을 예쁘게 남기고 싶었다.

억지로라도 웃으려 했다.

그런데 얼굴이 말을 듣지 않았다.

지독한 비애와 고통과 절망만이 레이첼의 아름다운 얼굴에 흘러넘쳤다.

"이봐, 그 손 놓지."

모든 희망이 무너지고 암울한 세상과 만나려는 순간, 레이첼은 환청을 들었고 환상을 보았다.

마침내 레이첼은 자신의 갈구가 이루어지는 기적을 보게 되었다.

푸른 달빛을 등진 남자. 우수와 고독과 진중함, 그리고 악당을 단숨에 찍어 누르는 카리스마를 내뿜는 용사가 나타났다.

그는 백마 탄 왕자보다 우아한 몸짓에 세련된 표정이었고 행동과 말투에는 품위가 넘쳐흘렀다.

레이첼의 마음을 한순간에 사로잡으며 등장한 존재는 다름 아닌 딕스다.

딕스를 향해 폭언이 폭포수처럼 쏟아진다.

그가 연출한 분위기에 놈들이 재를 듬뿍 뿌린다.

"넌 뭐야? 어디서 나서고 지랄이야, 앙! 죽어볼래?"

"이 새끼가 어따 대고 눈깔을 야려! 눈깔의 잉크를 쪽 뽑아버릴라."

파르르.

손발이 오그라들 것 같지만 나름 정의의 사자로서 손색이 없는 모습으로 등장한 딕스.

그런데 지금부터 정확하게 1시간 45분 전, 열두 명의 불량한 아이들을 신의 뜻에 따라 정성껏 교화시키며 자신이 날렸던 멘트를 이 자리에서 듣게 되었다.

'이… 이 현상은… 데자뷰?!'

최근 독서를 꽤 한 그는 고급스러운 단어도 많이 알게 됐다.

딕스는 자신을 바라보는, 간절한 소망을 담아 도움을 호소

하는 촉촉한 레이첼의 눈을 보며 깨달았다. 그녀가 자신을 알아보지 못한다는 것을.

싱그로아 왕국에 헬레나가 있다면 뮬에는 레이첼이 있다.

여신은 나라마다 한 명씩 존재하나 보다고 딕스는 생각했다.

자신이 그 여신을 발굴했으니 평생 곁에 두고 지켜줘야 한다. 그게… 진짜 남자다.

'저 잡것들이 한동안 꾹꾹 눌러뒀던 성질 나오게 만드네.'

빠드득.

이제 사채업자와 똘마니 넷은 다 죽었다.

누구에게? 뒤끝을 꼼꼼하게 처리하는 성실한 딕스에게.

고리대금업자, 캐피탈.

현재 나이 52세, 슬하에 4남 11녀를 뒀음.

열일곱 번의 이혼, 현재 스물두 살의 아내와 열두 명의 첩이 있음.

친제국파의 몰락 이후 권력에 줄을 대기 위해 노력 중이며…

(…중략……)

2,750만 골드의 재산가임.

딕스는 탐정을 통해 레이첼을 첩으로 데려가려 했던 악덕 고리대금업자 캐피탈의 신상을 털었다.

그 신상 정보를 토대로 딕스는 캐피탈 알거지 만들기 작전을 장장 일주일에 걸쳐 고심한 끝에 완성했다.

무언가에 의욕적으로 매달려 보긴 참으로 오랜만인 딕스다.

오늘은 그 결행의 첫날.

“오! 딕스 경, 어서 오게. 반가우이.”

“예, 반갑습니다, 법무부 장관님. 아, 국방부 장관님도 계셨네요. 치안총감님도 안녕하세요.”

딕스는 기본적으로 마당발 인맥을 지향한다.

이곳은 현직 법무부 장관 레밍턴 백작의 생일 파티장.

천금을 들여서라도 이 파티에 오고 싶어 하는 자들이 수도에만 해도 부지기수다.

딕스는 마당발 인맥을 지향하면서도 한편으론 인맥 관리에 적극적인 편이 아니었다.

그래서 남들이 군침을 질질 흘리는 파티의 초대장이 와도 가지 않았다.

하지만 오늘은 여느 때와 달리 파티에 참석했다.

이는 정말 흔치 않은 경우다.

대외적으로 그는 일개 재능자일 뿐이다.

나이도 고작 16세에 불과하다.

그러나 그를 무시하는 고위 관료는 단 한 사람도 없었다.

높은 자리일수록 미래를 보는 안목이 깊어야 한다.

그들이 보기에 이 소년의 미래는 눈부시고 창창했다.

우선 딕스는 대세인 엘리자베스 공주의 최측근이다.

그에 대한 공주의 각별한 우정은 여러 경제적 이익 창출 커넥션에서도 찾아볼 수 있다.

공주가 직접 챙겨주는 소년이다.

이러니 어찌 관료들이 딕스를 무시하겠는가.

'저 배불뚝이 느끼한 중늙은이가 캐피탈이로군.'

딕스는 악덕 사채업자 캐피탈의 호기심과 의문이 가득한 시선을 느꼈다.

오늘 그는 캐피탈 알거지 만들기 작전의 일환으로 레밍턴 백작의 파티에 참석했다.

그의 작전은 이렇다.

우선 자신의 위치를 캐피탈에게 과시한 뒤 그에게 사채를 빌려 쓴다.

하지만 자신이 작성할 대출 서류에서 자신의 서명이 감쪽같이 사라지게 조치를 취할 것이다.

그는 이 방법을 연구하느라 4박 5일 동안 뜬눈으로 마법 연습을 했었다.

물론 이게 다가 아니다.

이건 안전장치일 뿐이다.

진짜 계획은…….

'느끼한 영감탱이, 내 널 알거지로 만들어주마.'

이에는 이, 눈에는 눈이다.

딕스는 레이첼을 첩으로 들이려 했던 저 느끼하고 역겹게 생긴 중늙은이의 인생을 밑바닥까지 뭉개 버릴 계획을 품고 있었다.

그의 성격상 남의 일에는 그리 적극적이지 않다.

그럼에도 이번 일에 임하는 그의 자세는 굉장히 치밀하고 놀라울 만큼 열정적이다.

이번 일은 꿩 먹고 알 먹고, 도랑 치고 가재 잡고, 마당 쓸고 동전 줍고, 님도 보고 뽕도 따는 일! 한 가지로 두 가지 이익을 얻는 일이기에.

'악당을 퇴치하고 돈도 벌고, 이것이야말로 건실하고 정의로운 마인드지.'

한편 모든 일의 원흉인 레이첼의 오빠, 데일은 딕스가 사람을 풀어 그 행적을 뒤쫓고 있다.

그를 잡아 데려오기 위함이 아니다.

그를 잡아 먼지처럼 부숴 버리려는 것도 아니다.

싫지만 그래도 데일은 여신의 오빠가 아닌가.

그래서 데일을 잡아다 저 망망대해 외딴섬의 새우잡이 노예 선원으로 평생 썩게 할 생각이다.

착해도 너무 착해진 딕스였다.

이런 착한 딕스를 사람들은 참 좋아한다.

"하하하. 우리 딕스 경처럼 착한 사람도 드물지."

"어디 착하기만 합니까. 의리 있죠, 과묵하죠, 잘생겼죠, 검소하고 겸손하죠, 거기다 재능자 아닙니까! 하하하."

공국 사교계에서 딕스라는 인물에 대한 평가를 함축적으로 나타낸 말이다.

딕스는 재능자로서의 재능을 가졌을 뿐 아니라 타고난 처세가다.

이런 그의 재주로 인해 공주의 총애를 한 몸에 받는 위치임에도 그를 눈엣가시로 보는 사람은 많지 않다.

물론 적이 아예 없는 것은 아니다.

한데 이상하게도 딕스의 적들은 모두 단명한다.

딕스는 시한부 인생을 선고받은 자들만 적으로 삼는단 말인가.

새벽 4시면 딕스는 어김없이 일어난다.

좀 더 자고 싶은 마음이 어찌 없겠냐마는 그는 늘 그 유혹을 꿋꿋하게 뿌리친다.

앉으면 눕고 싶고 누우면 자고 싶듯, 사람은 한 번 편해지면 계속 편해지려는 습성이 있음을 알기에.

언제나 그렇듯 그는 자신의 저택을 즐거운 마음으로 열 바퀴 전력으로 뛴 다음, 새벽안개를 불러 모아 젖은 몸을 씻었다.

사실 이 순간을 그는 매우 즐긴다.

아무리 힘든 인생이라도 짧지만 즐길 만한 구석이 한두 군데는 있는 법이다.

대부분의 사람들은 이를 놓쳐 버린다.

소년은 지옥 같은 경험을 통해서 이를 발견했다.

그에게 철학이라 할 수 있는 이런 철칙은 바로 그와 같은 체험을 통해 조금씩 구축된 것이다.

'아흔아홉 개의 불행도 하나의 행복에 녹아 사라지게 마련이지. 흠.'

반대로 아흔아홉 개의 행운도 불행에 녹아 사라진다.

딕스는 이 불행의 이름을 자만이라고 불렀다.

자만이란 수많은 병폐와 위험, 고통 등 인생의 재앙을 초래하는 요인이므로 항상 경계해야 한다.

그러기 위해서는 끊임없이 자신을 채찍질하는 방법밖에 없다.

그의 내면은 늘 바쁘다.

멈추는 일이 드물다.

깨끗한 새벽의 기운을 받으며 아침 식사 전까지 딕스는 조용한 수련의 시간을 가졌다.

그런 다음 특별한 손님들과 격식 있는 아침을 먹었다.

누나 미리아, 그리고 그녀가 좋아하는 남자 미켈과 함께했다.

"뭐? 고향에 내려가겠다고? 더 있지 않고."

미리아는 조만간 고향에 내려갈 것이라고 넌지시 그에게 몇 번이나 말했었다.

딕스는 그날이 내일일 것이라고는 전혀 생각 못 했다.

그러나 갈 사람은 가야 하는 법.

"아냐, 수도 구경도 실컷 했으니 이제 가봐야지. 집안 살림이 커져서 어머니 혼자 감당하시기에도 벅차고."

미리아의 입은 이렇게 말했다.

하지만 그녀의 속내를 들여다보면, 혹시라도 미켈이 수도에 사는 멋진 여인들에게 빠질까 걱정되어 부랴부랴 귀향을 서두르는 것이다.

딕스는 미켈을 슬쩍 보았다.

미켈은 말없이 식사만 할 뿐 여기에 대해 한마디도 하지 않았다.

가끔 딕스는 미켈을 볼 때면 아버지가 떠올랐다.

'나라면 질려서 다른 남자 만나겠다. 누나는 아버지를 빼닮은 미켈이 어디가 좋은 거지?'

자신의 등을 안심하고 맡길 수 있는 동료나 수하감으론 딕스도 미켈의 가치를 인정한다.

그 외의 면에서는 진짜 재미없는 남자다.

남자가 보기에는 지루한 미켈. 그런데 놀랍게도 여자들에겐 유독 인기가 많다.

딕스는 얼마 전 저택의 하녀들이 미켈에 대해 수군거리는 걸 우연히 들었다.

멋진 과묵남이라나 뭐라나.

그런 남자가 좋다면 왜 인간을 사귈까? 그냥 마네킹을 사 놓고 평생 붙어 살 것이지.

아무튼 여자들의 괴벽에 가까운 그 눈이 싫은 딕스다.

'캐피탈 건을 해결한 뒤 요양소로 바로 가야지. 그녀도 괴벽이 있을지 몰라.'

레이첼의 아버지, 토르네 전 영주는 건강이 몹시 좋지 않았다.

딕스는 부녀를 시설 좋은 유명한 요양소로 보내놓았다.

캐피탈을 알거지로 만든 다음 눈썹 휘날리게 그곳으로 내려갈 생각이었다.

한편 레이첼은 딕스의 정체에 대해 아직 알지 못한다.

그저 멋진 남자가 자신과 아버지를 도와주는 것으로 알고 있을 뿐이다.

과연 그녀가 딕스의 정체를 안다면 어떤 반응을 보일까? 이는 딕스 역시 궁금하게 여기는 부분이었다.

"하긴, 누나는 진정한 살림꾼이지. 알았어. 참, 내려갈 때 부모님 선물 산 거 가져가."

"그 많은 게 마차에 다 들어갈까 몰라. 그리고 돈 좀 아껴써. 부모님 선물이라서 내 참견은 안 했지만 한 번씩 툭툭 튀어나오는 너의 그… 음, 아니다. 어쨌든 겸손과 검소함 잊지 마."

딕스의 사회적 위치를 생각해 미리아는 말을 얼버무렸다.

이곳에서 지내 보니 막냇동생이 거대한 나무로 성장했음을 알 수 있었다.

애정이 듬뿍 담긴 누나의 잔소리를 딕스는 즐거운 마음으로 새겨들었다.

꿈—예지몽—이었지만 자신을 구하기 위해 죽음도 불사했던 이가 바로 어머니와 누나 미리아다.

저들을 위해 무엇인들 못하랴.

지나가는 똥개 앞에서 무릎을 꿇어줄 수도 있다.

자신을 위해 제 몸을 던질 수 있는 어머니와 누나 외에 누가 자신에게 이런 보약 같은 잔소리를 해주겠는가.

섭섭함과 안쓰러운 마음으로 누나와 식사를 끝낸 딕스는 미켈과 함께 자신의 서재로 향했다.

딕스는 미켈에게 장검과 단검이 한 쌍을 이룬 명품 무기를 선물로 내밀었다.

기사인 미켈이 어찌 그런 무기의 가치를 알아보지 못하겠는가.

딕스는 나름 미켈이 느낄 부담감을 고려해 고심 끝에 이 무기를 선물로 준비한 것이었다.

솔직히 이 선물은 누나가 천 번 도끼질을 하면 한 번은 눈 질끈 감고 넘어가 달란 뜻에서 주는 일종의 뇌물이다.

여담이지만, 이 무기를 살 때 딕스는 누나에게 명품 도끼를 선물할까 하는 우스꽝스러운 생각을 했다.

현재의 미켈을 보면 누나가 정말로 천 번은 찍어야 할 것 같아서였다.

“제겐 과분합니다, 딕스 경. 사양하겠습니다.”

“받으세요. 이건 제 아버지를 위해서 드리는 것이기도 합니다.”

“……?”

“아버지에겐 믿을 만한 사람이 필요합니다. 아버지는 예전에 제가 고향에 있을 때 이리 말씀하셨습니다.”

그다음부터 딕스의 화려한 구라가 이어졌다.

누나가 진정으로 좋아하는 남자다.

그런 누나를 위해 동생의 입장에서 어찌 선의의 거짓말을 아끼랴.

그렇게 장장 한 시간 동안 딕스는 미켈을 향한 가족들의 애정과 시선에 대해서 열변을 토했다.

없는 말을 지어내느라 순발력의 바닥까지 박박 긁어냈다.

그의 웅변에 질렸는지 미켈은 그렇게나 사양하던 무기 세트를 받았다.

선물을 주는 데 이렇게 힘들게 하는 사람을 처음 보는 딕스다.

'하아, 진정 아버지와 쌍벽을 이룰 사람이로구나!'

딕스는 사채업자 캐피탈한테 300만 골드를 빌렸다.

이자는 그가 시중에 푸는 이자의 10분의 1에 불과했다.

어쨌든 이 돈을 챙긴 딕스는 계획대로 대출 서류에 수작을 부려 놓았다.

이렇게 일을 처리한 딕스는 늦은 밤 캐피탈의 저택 주변에 모습을 드러냈다.

딕스는 안개를 크게 생성하고 거기에 수면제를 잔뜩 풀었다.

예전에 안개에다 뱀독을 풀어본 경험이 있어서 그리 어렵지는 않았다.

어둠의 루트로 수면제를 구입하느라 그는 자그마치 1,000골드를 썼다.

하지만 곧 수중의 돈이 될 300만 골드를 생각하면 이쯤은 새 발의 피다.

'감히 내게 바가지를. 두고 보자, 이 시키들.'

새 발의 피도 소중하게 아끼는 딕스다.

어쨌든 1,000골드어치 수면제를 저택에 풀어놓자 저택은 곧 깊은 잠에 빠져들었다.

당당하게 저택 안으로 침입한 딕스는 캐피탈의 개인 금고를 단숨에 찾아냈다.

마치 여러 번 와본 것처럼.

금고 안에는 딕스의 대출 서류도 함께 보관되어 있었다.

그는 자신의 대출 서류에 은밀히 마법 인식을 설치해 뒀다.

그 덕분에 별 수고 없이도 금고를 쉽게 찾아낼 수 있었다.

딕스는 마법으로 금고를 부수고 서명이 없는 대출 서류를 찾아냈다.

자신의 대출 서류인지 확인한 딕스의 두 눈이 복면의 뚫린 구멍 속에서 반짝인다.

그는 다른 서류를 뒤지기 시작했다.

뇌물 리스트!

'빙고!'

캐피탈은 지금은 역적으로 몰려 남부에서 소탕당하고 있는 친제국파의 과거 자금줄이기도 했다. 놈은 그들의 뒷배를 이용해 사채업자로 성공한 인물이었다.

딕스는 혹시나 하는 생각에 놈의 뇌물 리스트를 찾아본 것이다.

'괜히 만들었네. 흠.'

뇌물 리스트가 없을 것에 대비해 만들어 온 가짜 리스트를 다시 품속에 간직한 딕스는 깊은 잠에 빠진 저택을 당당히 걸어 나왔다.
불법 침입자치곤 너무 여유가 넘친다.
딕스는 그길로 역적의 잔당을 수도 방위군에 익명으로 고발했다.
공국은 정치적으로 급변기, 혼란기다.
이 흉흉한 시절에 역적으로 몰리면 순식간에 패가망신한다.
딕스는 계획을 세울 때 이러한 상황도 고려했다.
복면을 벗은 딕스는 느긋한 자세로 요구르트를 마시며 긴급 출동하는 병사들을 멀리서 배웅했다.
'캐피탈 새끼, 오백만쯤 대출해 줬으면 좋았잖아. 쪼잔한 새끼, 겨우 삼백만이라니.'
역적의 자금줄이므로 캐피탈의 재산은 국가에 귀속될 것이다.
국가의 재정을 생각하면 딕스는 확실히 애국자다.
'애국하기… 참 힘들어.'
작업을 시작한 지 28일 만에 딕스는 300만 골드라는 수익을 창출했다.
캐피탈 사건 이후 사채업자에 대한 대대적인 조사가 이루어졌다.
일주일 후, 역모 죄로 고발당한 캐피탈과 함께 친제국파에 자금을 댄 사채업자들이 무더기로 붙잡혔다.

그들은 변명도 한 마디 못 하고 곧장 형장의 이슬이 되고 말았다.

사채의 늪에 빠져 허덕이던 수많은 사람들은 이번 일을 크게 환영했다.

역시 악당의 몰락은 만인을 기쁘게 하는 법이다.

그런데 단 한 사람만 이번 사건에 깊은 의문을 품었다.

의외로 그는 이번 사건의 최초 유발자 딕스였다.

'그 뇌물 리스트에는 다른 사채업자들의 명단이 없었는데? 흠, 공주님 작품이겠지. 쳇, 이러니 내가 애들 앞에서 요구르트도 못 먹지. 한탕 더 하려고 했는데 이번 일은 요 건으로 마무리해야겠군.'

건수가 있다 싶으면 절대 놓치지 않는 사람이 공주다.

겉으로는 연약해 보이지만 그녀의 속에는 강력한 야수가 산다.

그 야수의 눈에 걸리면 뼈도 못 추린다.

이제까지 딕스는 공주가 정적을 제거하는 방식을 서너 번 보았다.

그때마다 그녀는 피도 눈물도 없는 잔인한 권력가의 면모를 확실히 드러냈다.

어쨌든 이번 일, 공주에게 힌트를 준 일을 통해 뮬 공국은 미루었던 공공사업 분야에 투자할 여력이 생겼다.

국가적으로 가장 시급한 일자리 창출의 발판을 놓을 수 있게 된 것이다.

지금은 검에 피를 묻혀도 누구 하나 반발하는 사람이 없는 정치적으로 암울한 시기였다.

왕권을 강화할 절호의 기회인 것이다.

이때를 놓치면…….

'…바보지. 아, 그나저나 난 언제 통장에 천만을 찍지? 당분간은 절약해야겠구나. 그런데 어디서 돈을 아낀다?

현재 딕스의 통장 잔고는 723만 4,235골드다.

딕스는 얼마 전에 떠난 누나 미리아의 적극적인 권유를 받아들여 고용인의 수를 늘렸다.

그 일을 생각하니 괜한 낭비 같았다.

인원을 늘리지 않아도 저택은 잘만 유지됐는데.

물론 이는 고용주 딕스의 입장이다.

'비효율적이야, 비효율적. 하아.'

지금에 와서 그들을 자를 수는 없었다.

그들은 단돈 1실버에 생사가 달린 사람들이다.

수백만 골드를 쟁여놓은 자신이 그들의 푼돈을 빼앗는 행위는 사회 기득권자 중 한 사람으로서 실로 민망하고 부끄러운 일이다.

그러니 허리띠를 졸라맬 곳을 다른 데서 찾아봐야 하지 않겠는가.

하지만 이런 생각도 곧 그의 머릿속에서 사라진다.

지금은 그보다 더 중요한 일이 눈앞에 있기 때문이다.

레이첼!

그는 그녀를 데리러 간다.

"룰루랄라~ 멋진 날씨야. 하하하."

심상치 않은 분위기가 실내를 메우고 있었다.

전에 없던 이 분위기에 의아함을 느끼며 딕스는 공주의 표정을 살폈다.

요즘 들어 공국은 활기찬 봄을 맞이하고 있는 중이다.

딕스가 아는 한 공국에는 별 탈이 없다.

왕궁도 마찬가지고.

공주의 지시를 받고 두 명의 남자가 굳은 표정으로 나갔다.

또 그녀는 몇 사람들에게 이런저런 지시를 내렸다.

명을 받은 자들이 다 나가고 나서야 딕스는 공주와의 시간을 가질 수 있었다.

"마침 잘 와줬어, 딕스."

딕스는 공주가 자신을 찾을 일이 뭐가 있을까 생각해 봤다.

딱히 떠오르는 것이 없었다.

그녀의 골칫거리였던 친제국파의 잔당 처리나 재정 문제 모두 요즘 술술 잘 풀리고 있지 않은가.

공주에겐 요즘이 봄날이다.

여기에다 공국의 장래를 든든히 할 북부 동맹 건도 싱그로아가 합류하면서 탄력을 받았다.

오히려 방실방실 웃고 다녀야 할 상황이다.

일단 자신의 생각을 멈춘 딕스는 공주를 빤히 응시했다.

"무슨 일인지요?"

"잠깐, 스칼렛 경."

"예, 공주님."

"나 딕스랑 산책 좀 할게. 우리 둘만."

최근 공주는 권력이란 이름의 칼에 수시로 피를 묻혔다.

이 때문에 왕궁과 수도의 경계 태세는 전시 상황에 버금간다.

"그러십시오. 딕스 경, 공주님을 부탁하네."

"예."

딕스는 마음을 가다듬은 뒤 공주와 함께 정원으로 나갔다.

두 사람은 연못 중앙의 정자로 걸어갔다.

공주는 말이 없었다.

딕스는 그녀가 입을 열기를 조용히 기다렸다.

그렇게 정자로 향하는 구름다리를 또 말없이 걸었다.

구름다리의 절반쯤 도착했을까? 공주가 걸음을 멈추더니 난간에 양팔을 올리며 상체를 앞으로 약간 기울였다.

공주의 아름다운 옆얼굴과 바람에 흔들리는 실크 같은 귀밑머리가 여성미를 한껏 풍겼다.

반짝.

딕스는 그 모습이 세상에서 가장 아름다운 보석처럼 느껴졌다.

자신을 멍한 표정으로 바라보는 딕스를 공주가 부른다.

"딕스."

"앗! 예, 공주님."

당황한 그의 모습을 잠시 이상한 듯 바라보던 공주는 피식 웃더니 추억을 회상하는 표정으로 말했다.

"전에 네가 내게 알로트의 사랑의 맹세를 읊어주었지. 기억나니?"

벨리오 서커스단의 단원으로 떠돌던 때의 일이다.

리안 부족 연합으로 넘어가기 위해 아리온스 왕국의 북부 관문 도시 아로스에서 딕스는 공주에게 알로트의 맹세를 비장한 마음을 담아서 읊어준 일이 있었다.

당시의 그 느낌이 딕스의 가슴속에서 새삼 되살아난다.

미성의 소년은 변성기를 거쳐 어느새 중저음의 음성으로 변해 있었다.

딕스는 굵은 음성으로 당시 공주에게 읊어주었던 알로트의 맹세를 다시 읊었다.

"당신이 독약을 마신다면 그 독약의 절반은 나의 것이오. 당신이 저 황량한 들판에 누워 있다면 그 옆에는 내가 있을 것이오. 나의 사랑, 나의 심장, 나의 영혼."

"전에 너의 목소리도 좋았지만 지금의 목소리도 참 좋네. 원석에서 눈부신 보석이 된 것 같아. 하지만 아쉽네."

공주는 과거의 그도 좋아했지만 변해가는 지금의 딕스도 좋아했다.

그래서 가끔 진담인지 농담인지 모를 말로, '그 목소리로 사랑의 노래를 불러주지 않겠니?' 라는 말을 던져 딕스의 가슴에 파문을 일으키곤 했다.

그러다 그가 크게 당황하면 그제야 그녀는 배시시 웃으며 '농담이야!' 라고 덧붙였다.

하지만 그녀의 눈빛, 표정, 숨결, 몸의 떨림을 순간의 놀라운 집중력으로 감지한 딕스는 그녀의 말을 결코 농담으로 받아들일 수 없었다.

"아쉽다뇨?"

"전에는 그렇게 안 했잖아."

진지한 표정으로 자신을 바라보며 갑자기 얼굴을 쑥 들이미는 그녀의 돌발 행동에 딕스는 순간 숨이 멎을 뻔했다.

자신도 이제 예전의 아이가 아니다.

남들이 이 모습을 보면 충분히 오해를 살 수 있는 상황이다.

딕스는 뒷걸음치며 이 순간을 가벼운 장난 같은 상황으로 만들려고 가볍게 응수했다.

"제가 머리가 나빠서요. 헤헤."

또다시 피해가는 그의 태도에 공주의 얼굴에 섭섭함이 잠깐 스쳐 지나갔다.

다시 난간에 팔을 기댄 그녀는 상체를 앞으로 더욱더 쭉 내밀었다.

연못에 빠지지 않을까 걱정이 된 딕스는 저도 모르게 그녀에게 팔을 뻗었다.

그녀의 몸을 이전처럼 막(?) 만질 수는 없었기에 그는 쓴웃음과 함께 멈추었다.

이를 느꼈는지 공주의 입 매무새가 씁쓸하게 비틀렸다.

시야의 사각지대에서 벌어진 일이라 딕스는 이를 보지 못했다.

아니, 보았더라도 모른 체했을 것이다.

그에게 공주는 애인으로서, 아내로서 몹시 부담이 되는 신분을 지닌 여자였다.

그저 지금과 같은 관계가 가장 이상적인 관계라고 그는 믿고 있었다.

“그때 넌 내게 이렇게 말했어. 공주님이 독약을 마신다면 그 독약의 절반은 내가 마시겠습니다. 공주님이 저 황량한 들판에 누워 계신다면 그 옆에는… 그 옆에는 제가 누워 있을 겁니다라고. 그때 나 좀 떨렸었어. 처음이었거든… 내게 그렇게 말해준 사람이.”

주춤.

딕스는 저도 모르게 그녀에게서 떨어졌다.

이 순간, 레이첼을 만나러 갈 일로 설레던 마음을 공주라는 이름의 도끼가 후려 패고 있었다.

그의 난처해하는 모습에 공주는 가식적인 쾌활한 웃음을 터뜨렸다.

농담이니까 그런 표정 짓지 마! 바보!

그녀는 이런 뜻을 내비치고 싶어 했다.

짧은 순간 그녀는 연못을 거울 삼아 표정 연습을 했고, 그 덕분에 자신이 원하는 표정을 딕스에게 보여줄 수 있었다.

이런 그녀의 노력이 통했는지 딕스는 조금 전의 묘한 기류를 공주의 짓궂은 장난이라 여겼다.

"그날 난 널 나의 수호 마법사로 임명했지."

어찌 딕스가 그날을 잊겠는가.

경을 나의 수호 마법사로 임명합니다. 잘 부탁해요, 딕스 경.

그때부터 딕스는 공주의 라인에 확실히 줄을 대게 되었다.

당시를 회상한 딕스는 빙그레 웃음 지었다.

"기억납니다. 제가 죽더라도 잊을 수 없는 순간이죠."

"죽어서도… 그럼 나도 기억되겠네, 너에게 영원히."

딕스는 공주의 태도가 오늘따라 이상해 보였다.

지금 그의 머릿속과 마음속은 그녀로 인해 참으로 복잡 난해한 상태가 되었다.

자신의 정체를 모르는 레이첼에게 달려가 자신을 드러내고 공적—캐피탈 말아먹기—을 멋지게 자랑하고 싶은 마음과 공주의 태도에 대한 걱정이 뒤엉켜 있었다.

"공주님, 농담은 그만두시구요. 말씀해 보세요. 대체 무슨 일이에요?"

공주는 한동안 말을 안 했다.

그녀의 침묵은 섭섭함에 대한 소심한 항변이었다.

두 사람 사이에 이런 일은 드물었다.

그렇다 보니 딕스의 입장에서 지금 이 분위기는 껄끄러울 수밖에 없었다.

그의 이런 마음을 읽기라도 한 것일까? 공주가 한숨을 쉬며 먼저 말을 꺼냈다. 호칭까지 붙여서.

"딕스 경."

"예…에, 공주님."

"리안 부족으로 가주세요. 지금으로썬 내가 이 일을 믿고 맡길 사람이 경밖에 없어요. 이 일은 위험할 거예요. 어쩌면 그곳이 사지가 될 수도 있어요. 그걸 알면서도 난 경을 생각했고, 경을 보내기로 결심했어요."

초반 심상치 않던 집무실 분위기와 당혹스러웠던 공주의

행동, 그 모든 것들이 바로 이 때문이었구나!

이렇게 단정 짓는 딕스다.

그제야 공주에게서 받은 자극과 묘한 설렘이 천천히 가라앉았다.

'리안 부족 연합의 일은 잘 처리됐잖아. 갑자기 왜 그곳에? 무슨 중대한 문제라도 터졌나?'

진지하고 처연하고 슬픈 얼굴로 공주가 사지까지 언급했다.

그렇다면 이는 진짜 위험천만한 임무임을 의미한다.

한참을 묵묵히 생각한 딕스는 난간을 짚고 공주가 했던 대로 상체를 연못 쪽으로 길게 내밀었다.

곧 그는 장난 반, 진심 반을 담아 말했다.

"명을 따르겠습니다. 믿고 맡겨 주십시오. 그리고 제가 언제 공주님께 실망을 드린 적이 있었습니까? 하하하."

딕스는 쿨하게 임무를 맡았다.

곧 그는 시원하게, 남자답게 웃음을 크게 터뜨렸다.

공주가 마음에 든다고 하던 그 변성기 음성으로 말이다.

하지만 이런 그의 속내는 몹시 슬펐다.

이제 인생 편히 사나 싶었더니 또 출동이다.

'에고, 내 인생의 봄은 아직 멀었구나.'

하지만 겨울에도 꽃을 피울 수 있는 법이다.

딕스는 이번 임무에 레이첼을 동행시키기로 결심했다.

명색이 자신은 5서클 마법사가 아닌가.

설마하니 여자 하나 못 지키겠는가.

능력이 부족했던 예전에도 공주를 지켜내지 않았던가.

오히려 이 임무를 딕스는 자신의 첫 연애 사업을 멋지게 완성할 수 있는 기회로 보기 시작했다. 그러자 임무에 대한 부담감은 어느덧 녹아서 사라져 버리고 의욕만이 뜨겁게 타올랐다.

'역시 긍정적인 마인드가 중요해.'

갑자기 세상이 아름답고 따뜻하게 보이는 딕스다.

부유한 집에서 태어나 풍족하게 생활하다 어느 날 갑자기 타의에 의해 모든 것을 송두리째 잃고 밑바닥으로 떨어졌다.

영애라 불렸던 소녀는 그때부터 상상조차 해보지 못한 현실에 내던져져 모진 뭇매를 맞아야만 했다.

견디기 힘든 현실에 그녀는 매일 좌절하고, 매일 울고, 매일 제 가슴을 쥐어뜯으며 어금니를 악물었다.

하루에도 열두 번씩 작은 기척에도 깜짝깜짝 놀라 온몸을 바르르 떨었다.

어쩔 땐 모든 걸 놓아버리고 훌쩍 이 세상을 등지고 싶을 때도 있었다.

밤마다 내일의 태양이 영영 뜨지 않기를 기도하곤 했다.

그랬던 소녀가 지금은 내일의 태양을 기다리고, 작은 기척에도 설렘으로 귀를 쫑긋하게 되었다.

그녀의 이름은 레이첼.

'그가 와줬어!'

그녀의 머릿속에는 온통 한 사람의 모습밖에 없다.

자신과 아버지를 끔찍한 수렁에서 구해준 백마 탄 왕자님!

지금도 그의 얼굴에 그때 보여준 그 근사한 미소가 있을까? 따뜻하고 강력한 의지가 공존하던 그 신비로운 눈빛은 여전할까?

수많은 물음표가 소녀의 가슴을 채웠다.

그렇게 떨리고 기대되는 마음으로 그녀는 요양소 복도를 지나 정원을 쉼 없이 뛰었다.

저기 면회실이 보인다.

그 옆의 덩굴 차양 아래 여덟 개 기둥 중 하나에 등을 기댄 한 남자.

레이첼에게는 구원의 빛이요, 지지 않을 태양인 딕스가 고개를 돌렸다.

그는 가쁜 숨을 몰아쉬는 레이첼을 보았다.

두 사람은 마치 운명에 이끌린 듯 그렇게 서로를 향해 다가갔다.

한 걸음 거리를 남겨두고서 남녀는 약속이라도 한듯 멈췄다.

소녀는 올려다보고 소년은 내려다보았다.

"뛰어왔나요? 더운데……."

딕스는 손으로 레이첼 머리 위에 그늘을 만들어주었다.

그의 작은 이 배려에 레이첼의 가슴은 주체할 수 없을 만큼 콩닥콩닥 뛰기 시작했다.

레이첼을 그늘로 데려가는 게 합리적이고 효율적인데도 딕스는 그렇게 하지 않았다.

효율을 중요시하는 그답지 않은 비효율적인 행동이다.

그의 신사적인 매너에 레이첼은 수줍은 미소로 화답했다.

순수와 고혹이 어우러진 아름다운 여신의 자태!

두근두근.

뛰어온 것은 소녀였지만, 이 순간은 소년의 심장도 그녀 못지않게 크게 뛰고 있었다.

"고마워요. 전 안 오실 줄… 알았어요."

"약속했잖아요. 나 팔 아픈데 저기로 갈까요?"

"앗! 죄송해요, 저 때문에."

"언제까지나 이렇게 서 있어도 난 괜찮은데 레이첼 양의 다리가 아플까 봐서요."

어라? 이 사람… 딕스 맞아? 어디서 이런 폭풍 매너를!

연애를 하려면 이쯤은 기본 아닐까? 그것도 여신급 미모의 여인이 연애 상대라면.

두 사람은 그늘을 찾아가 앉았다.

그런데 막상 앉고 보니 서 있을 때보다 더 힘들고 어색해졌다.

"아버님은 괜찮으십니까? 이곳 직원 말로는 장기간의 요양이 필요하시다고 하던데."

그의 말에 레이첼의 얼굴이 시무룩해졌다.

"고마워요. 구해주시고 이렇게 시설 좋은 요양소에 입원까지……."

받기만 하는 여자는 염치가 없다.

하지만 뭔가 해줄 수 있는 남자는 오히려 이 순간이 기쁘고 뿌듯하다.

어깨에 힘이 팍팍 들어가는 딕스.

"저기, 레이첼 양."

"예?"

"저… 절 못 알아보시겠어요?"

레이첼은 의아하다는 표정으로, 그러나 조신한 태도로 그의 얼굴을 살폈다.

그러다 잠시 잠깐 기이한 표정을 지었다.

찰나의 순간이라 그녀를 내내 보고 있던 딕스조차 이를 알아채지 못했다.

"그러고 보니… 예전에 알던 누군가와 닮은 듯도 해요."

"누구랑?"

"아네요. 신경 쓰시지 않아도 돼요. 그런데 전에 당신과

제가 만난 적이 있나요? 당신을 보았다면 분명 기억했을 텐데."

딕스는 목소리를 가다듬었다.

지금이 중요하다.

그녀가 자신의 정체를 알고 자존심을 내세운다면 일이 어렵게 꼬인다.

사회적인 지위와 재력, 기타 등등을 동원하면 오갈 데 없는 여자 하나 어찌하는 건 사실 일도 아니다. 하지만 이는 딕스가 바라는 바가 아니었다.

적어도 자신의 곁에 계속 머물게 하고 싶은 사람에게는 진심으로 다가가야 한다고 그는 굳게 믿었다.

의외로 그는 이런 면에서 정의롭다.

"딕스, 이것이 내 이름입니다. 그리고 나의 고향은 페논이랍니다. 레이첼 아가씨, 오랜만이에요."

쿠우우우—웅!

그의 정체를 듣자 레이첼은 머리를 둔기로 맞은 듯 큰 충격을 받았다.

믿을 수 없다는 표정으로 그녀는 두 눈을 부릅떴고, 딕스는 눈 한 번 깜빡이지 않고 그런 그녀를 바라보았다.

딕스는 그녀의 마음이 방황하지 않길, 뒤돌아서지 않길 간절히 바랐다.

설사 그녀의 마음이 폭풍 속의 배처럼 흔들리더라도 자신의 눈빛을 등대 삼아 제자리로 돌아오기를 진심으로 바랐다.

굉장한 침묵이 오랫동안 남녀 사이에 흐르고 흘렀다.

『딕스전기』 5권에 계속…

내일을 향해 쏴라

김형석 장편 소설

FUSION FANTASTIC STORY

1만 시간의 법칙!
'성공은 1만 시간의 노력이 만든다' 는 뜻이다.

그러나…
사회복지학과 복학생 수.
전공 실습으로 나간 호스피스 병동에서
미지와 조우하다.

1만 시간의 법칙?
아니, 1분의 법칙!

전무후무한 능력이 수에게 강림하다!
맨주먹 하나로 시작한 수의
인생역전이 시작된다!

절대호위
문용신 新무협 판타지 소설
FANTASTIC ORIENTAL HEROES

유행이 아닌 자유추구 -
WWW.chungeoram.com